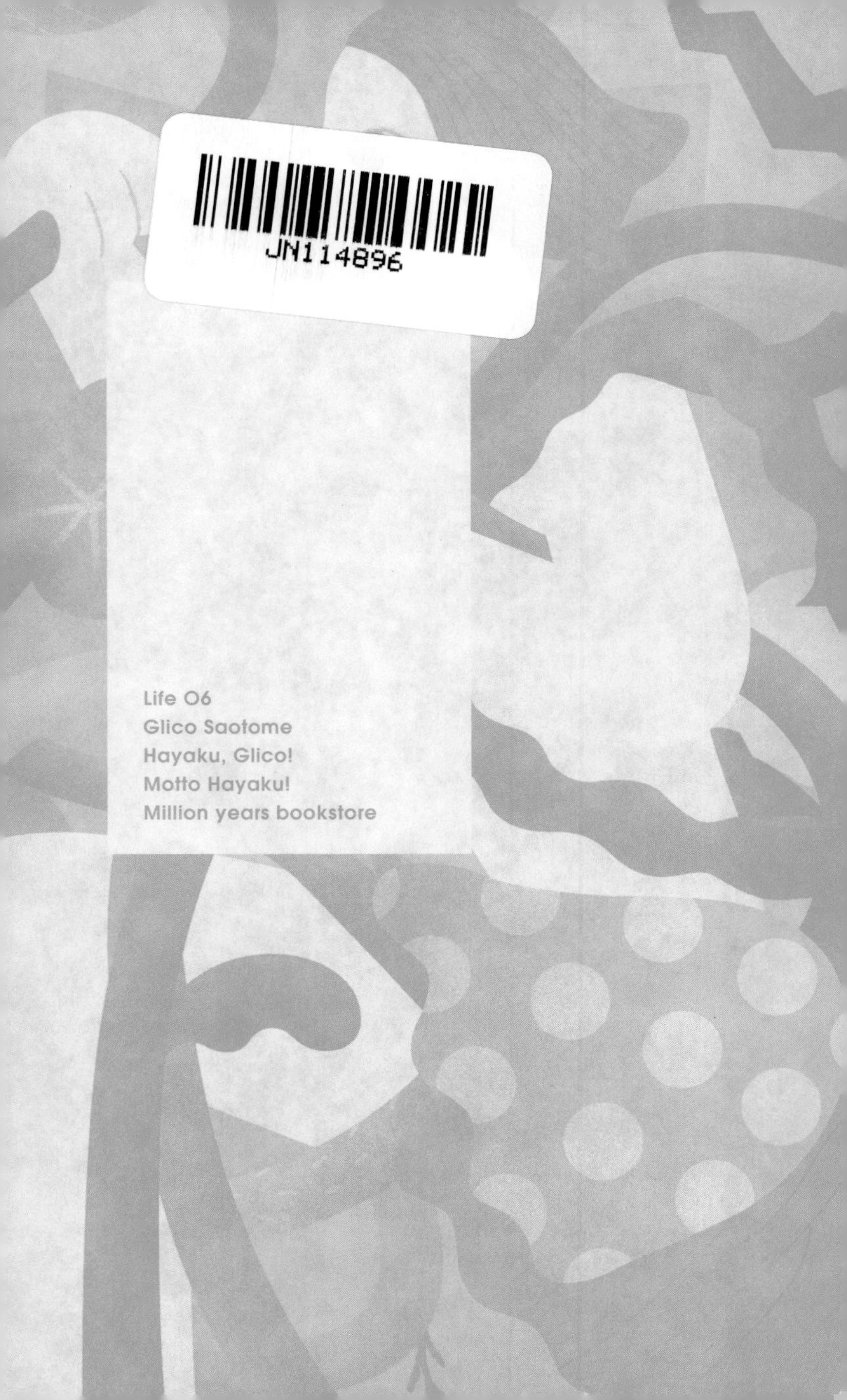

Life 06
Glico Saotome
Hayaku, Glico!
Motto Hayaku!
Million years bookstore

速く、ぐりこ！もっと速く！

早乙女ぐりこ

百万年書房

目次

速く、ぐりこ！もっと速く！

持続可能な生活と執筆

私は暮らしをちゃんとやれない。

極度の面倒くさがりで、暮らしを維持するための家事、その中でも特に整理整頓が苦手である。

「おかたづけ　おかたづけ　さあさみんなでおかたづけ」

通っていた幼稚園では、午後の自由時間の終わりに、先生が決まってこの曲をピアノで弾いて歌った。教室に響きわたるアルトの声。遊びをやめておもちゃを片づけ始める園児たち。

今でもこの曲がたまに頭の中に流れ出す。それは片づけモードへの切り替えの合図としてではなく、自分のだめさを改めて思い知らせるスイッチとして。

昔から片づけが苦手だった。おもちゃ箱におもちゃを元通りに戻せない。洋服をたためない。引き出しの中に無造作に物を詰め込んで開かなくなる。母は、ランドセルの底にぐしゃぐしゃに折りたたまれたプリントをためこんだり、そこらじゅうに物を散らかしたまま本を読んでいる私を、よく「だらしない」と叱った。

小学校一年のときの担任の渡辺先生は、掃除や挨拶や身だしなみについて子どもたちに細やかな指導をする、初老の女の先生だった。二学期のある日、抜き打ちで、机の中の引き出しに使っているお道具箱のチェックがあった。全員机の上にお道具箱を出すように言われ、私は心臓がどっどっと脈打つのを感じながら、のろのろと茶色いふたつのお道具箱を取り出した。教科書やノートを入れる右側の箱には、ぐしゃぐしゃのプリント類や丸めたティッシュが詰め込まれている。左側の箱には、ケースから飛び出した色鉛筆やはさみやのりや鉛筆削りの削りかすが散乱している。

先生がチェックのために机列の間を巡回し始める。私はずっとうつむいていた。時折、抑制された低い声とぴしっという音が響いて、何人かが厳しく叱られているのがわかった。やがて、先生が私の席の左斜め後ろで立ち止まった。はあっというため息が聞こえた、ような気がした。次の瞬間、背中に衝撃が走る。先生は何も言わずに私をたたいた。私は先生にたたかれた。

クラスの女子の中で、お道具箱チェックに引っかかったのは私だけだった。それをきっかけに片づけができるように……なるわけもなく、片づけができないことは恥ずかしいことだ、という感覚だけが残った。

大人になっても片づけが苦手なのは変わらない。先日、探し物をしていて、ワーキングスペースのデスク上に積み上げられた書類や本の地層に真っ向から対峙することになった。上から少しずつ紙の山をどかしていくうち、最近見当たらないなと思っていた診察券やヘアアクセサリーなどが次々発掘されていく。ちょっとした宝探しの様相を呈してきた。そして、作業を進めるうち、ライトブルーに白い大きな花柄の壁紙が見える面積も少しずつ増えてきた。ワーキングスペースのこの壁紙は、今住んでいるマンションの一室を購入してリノベーションしたときに、自分で選んだお気に入りだ。けれど、デスク上が散らかりすぎているせいで、その壁紙の模様に目を向けるのは随分久しぶりのような気がした。

目当ての保険関連の郵便物は、紙の山の下の方でぐしゃぐしゃに押しつぶされていた。雪崩が起きないように注意深くその紙を引っ張り出そうとしていたときに、ふと、ライトブルーの壁紙と紙の山の間にはさまっている卓上カレンダーに目が留まった。このカレンダーは透けるトレーシングペーパー素材で、月ごとに星座や花や本などのかわいらしいモチーフが淡い色使いで描かれている。母が私の好みに合いそうと言って昨年末に贈ってくれたものだ。それなのに、ああ、こんな隙間に追いやられて……。ぺたんこに潰れたイーゼルごとカレンダーを引っ張り出すと、そこには〈3 March〉と記されていた。つまり、今年の三月から私は一度も月替わりのカレンダーをめくっていなかったのだ。ちなみに今は九月である。

私の時間は半年止まっていたのか、と思った。

半年前、このカレンダーをめくって三月のページを出した頃に、商業出版の本を書き下ろすことが決まった。それから半年間、私は文章を書くことに夢中だった。商業出版の原稿を書いて送りながら、noteに公開している日記や、文学フリマで売る同人誌の原稿もどんどん書いていた。執筆だけをやっていたわけではなくて、着物の着付けを練習したり、新しいジュエリーを買ったり、突発的に旅に出たり、会いたい人と会うことにも熱心だった。けれど、それら全て、原稿のネタにしようという魂胆がまったくない行動だったとは言い切れない。そして日常の中の派手な部分、見栄えのする部分にばかり手をかけて、生活の土台としての地道な暮らしのことは完全におろそかにしていた。ワーキングスペースのデスクの上だけではない。リビングも寝室もキッチンも散らかすだけ散らかして、掃除機も長らくかけていないし、水回りの掃除も排水口がどろどろになるまでやらなかった。

昔からそうだ。私は何かに夢中になると、ただでさえ苦手な家事にまったく手をかけられなくなってしまう。というか、暮らし自体がどうでもよくなってしまう。

二〇代後半の頃は、自分にしかできない（ように思えた）仕事に没頭していた。身体を壊して服用する薬が一〇種類を超えても、パワハラセクハラ上司に囲い込まれても、その仕事は自分が続けるしかないと思い込んでいた。ろくに休みもなく残業だらけの状況をおかしいと思うこともなく、当たり前のように当時結婚していた夫のみーくんに家事を丸投げしてしまっていた。「君は性別が違えば、昭和の亭主関白なモーレツ社員みたいになっていただろうね」と言われたこともある。

離婚してからも、一人暮らしの部屋は当然、荒れに荒れていた。しかし当時はほとんど料理をしなかったので、台所のシンクだけはきれいだった。ある冬、私がインフルエンザに罹ったときに、当時好きだったメガネが、一人暮らしの私のうちに見舞いにやってきた。メガネは1Kの部屋を見回してこう言い放った。

「生活感がないね」

そして、レトルトのお粥やポカリスエットが大量に入ったビニール袋をこちらに渡しながら、

「きっともっと散らかっていて、どうせ僕が片づけないといけないんだろうなって覚悟して来たんだけど……」

と皮肉っぽく続けた。散らかった部屋を付け焼刃でごまかそうとしたことを見透かされたようで恥ずかしかった。メガネから見舞いに行くと連絡があってから、私は熱でふらふらしながら大急ぎで散乱していた服や小物を回収してクローゼットに投げ入れ、ゴミをかき集めてバル

コニーに放り出し、洗面所とトイレをざっと掃除して、部屋に慌てて掃除機をかけたのだった。掃除機をクローゼットに押し込んで、なかなか閉まらない扉を無理やり閉めた瞬間、メガネが到着しチャイムが鳴った。

それから二年以上が経ち、元号が平成から令和に変わる頃、久々にメガネと会って上野の適当なイタリアンの店で飲んでいたときに、

「君がインフルエンザになって、家に行ったときのこと覚えてる?」

と話を振られた。ああ、そんなこともありましたねえ、となるべくなんでもないことのように答えると、メガネは笑いながらこう言った。

「あのときさあ、部屋には全然生活感ないのに、台所にあった電子レンジがめちゃめちゃ汚くて、僕は、この人とは一緒に暮らせないと思ったんだよね」

今だったら、

「おまえ、あのとき既に他の女と婚約してただろうが!自分の不誠実を棚に上げて人の欠点のせいにしてるんじゃねえ!」

とどつくところだけれど、当時の私は、メガネの「生活感がない」「一緒に暮らせないと思った」という言葉にひどくショックを受けた。それから何年も、電子レンジにこびりついた汚れを見て見ぬふりする度、そのことを思い出して落ち込んだりしていた(落ち込んでいる間に

ささっと拭いたらいいのは自分が一番よくわかっている)。

六か月分、六枚のカレンダーをめくっていくと、色とりどりの花壇のイラスト、さくらんぼのイラスト、長靴のイラスト、白鳥と星座のイラスト、万華鏡のイラストが次々に出てきた。こんなにかわいい絵柄なのに、私が暮らしをおろそかにしていたせいで早送りのように一瞬でめくられていく各月のカレンダーたち。クリーム色の地に木のブローチ柄の九月のカレンダーを表に出してイーゼルに立てかけ直しながら心に誓った。一旦落ち着こう。執筆はもちろん大事だけれど、暮らしをちゃんとやりたい。暮らしをちゃんとやろう。

同じ頃、渋谷のユーロスペースでドイツの映画作家ウルリケ・オッティンガーのベルリン三部作が公開されていた。そのうちの一作、『アル中女の肖像』のタイトルが気になっていたので、平日の仕事帰りに観に行った。

タベア・ブルーメンシャイン演じる、若く美しい主人公の女が、ドイツ・ベルリンに飛行機で向かう。空港で片道の旅券を買い、「もう戻らないの」と告げる彼女は、酒を飲むことに情熱を傾けており、旅先のベルリンで〝飲酒観光〟をしようと決意する。

主人公の女の、カラフルなフルメイクで彩られた顔は、度々、空港の自動ドアやカフェバーの通りに面した窓などの透明なガラス越しに撮影される。彼女は、自分に話しかけてくる男を無視し、酒をあおった直後にショットグラスを床に叩きつけ、ウェイターが運んできた水をカフェの窓ガラスにぶちまける。常識的な世界からガラス越しに隔てられ、他者の値踏みするような眼差しや身体への接触を拒否して、彼女はどれだけ酒を飲んでも、美しいまま、凛として存在していた。

初めてこの映画を観たとき、私は、彼女の先鋭的なファッションやメイク、そしてベルリンのモノクロの荒廃した風景に魅了されていた。魅了されながらも、きっとこれは酒に溺れた美しい女が罰を受けるかのように破滅に向かう話に違いないと思っていた。いつ、彼女に制裁としての死が訪れるのかと怯えていた。だから映画の最終盤、崩れたメイクにぼろぼろの衣裳で酩酊した彼女が、駅の階段で倒れ込むシーンを直視できなかった。

二回目にこの映画を観たのは、それから数日後、自分の誕生日だった。急に涼しくなって、ぞっとするほどさみしくて、それでも暮らしを何とか立て直そうともがいていた、三六歳の誕生日の晩。

冒頭のシーンで、主人公の女のベルリン行きは〝片道切符の旅〟と称される。でも、私たちの人生だって片道切符の旅そのものじゃないか。人生で新たな道を踏み出すときに、帰る場所や帰りの切符が用意されていることなんか滅多にない。

「酒に依存する女の存在は社会に認められていない」という台詞は、ほとんど台詞を発しない主人公に代わって、街中のいたるところにいる保守的で良識的な女たちの口から語られる。

バーで飲んでいた主人公の女と連れの女が、裕福そうな男性に声をかけられたとき、主人公の女は誘いを無視し、連れの女は誘いに乗って店を出て行く。連れの女が出て行った後、バーの店員は、あたかもひとりで座席に残った主人公の女が見えないかのように、店の電気を消して椅子をテーブルの上に上げ、閉店準備を始める。なるほど、酒に依存する女の存在はまったく無視されている。

初めてこの映画を観たときには、このシーンを見ているのがいたたまれなかった。けれど、二度目に観たときには、そのシーンの後、バーを出て夜のベルリンの街を歩き始めた主人公の女に、ずっと細く長いスポットライトが当たっていることに気がついた。ライトは彼女の歩みにぴったりと寄り添っている。店が立ち並ぶエリアを抜けて、河原のような開けた場所にたどり着いた彼女は、人工的な光を浴びながら、空を仰ぎ両手を大きく広げて立つ。

この主人公の女が体現しているのは、自身の身の破滅ではなくて自身を囚えようとする世界の破壊なのだと思った。自分を値踏みしてくる他者の眼差しを拒絶し、彼女をこの世界につなぎとめようとするものを振りほどき、酒を飲むことで世間体や一般常識や自分を縛る全てのものを破壊しつくそうとする。女は自暴自棄で酒に溺れて死を待っているのではなく、全身にスポットライトを浴びて、たしかに彼女自身の生を生きていた。

『アル中女の肖像』の二度目の鑑賞を終えた帰り道、私は近所のおでんとナチュールワインの店で赤ワインを飲みながら考えていた。あの映画の主人公の女はたしかに、自らの意思で自らの人生を生きていた。しかし〝飲むために生き、飲みながら生きる〟彼女の暮らしは、持続可能なものではないだろう。じゃあ、書くために生きるのは？

書くために生きること。そのためにならら全部投げ出したいような気になってしまうこと。住む家を整えることや月に一度カレンダーをめくることさえもおろそかにしてしまうこと。でも、あの主人公の女のように、世間から隔てられて自分の内面とだけ向き合って、自分のやりたいことだけをやっていくなんて、私には到底できない。認めたくないけれど、私はこれまで、彼女が酒を飲むことそれだけに情熱を傾けていたように、文章を書くことそれだけに情熱を傾けてきたわけでは、きっと、なかった。私にとって書くことはいつだって、それを発表すること、何かしらの評価を得ることとセットだった。書くことで、誰かに自分という存在の丸ごと全部を認めてもらいたいと強く思ってきた。自分を切り売りするように、さまざまなテーマで自主制作本を一〇冊以上も作ってきたけれど、何部売れても、読者からどんなにうれしい感想をもらっても、完全に満ち足りることはなくて、だからずっと書き続けてきた。商業出版で自分の本を出せたら、この承認欲求が完璧に満たされるんじゃないかと思い込んでいた。

誰より自由に生きているふうを装いながら、誰より他者の承認を得ることばかりを求めてきたこれまでの自分をぶち壊したい。うまくいかなくても、何度でもそれを試みたい。あの主人公の女が次々とショットグラスをたたき割り、ピンヒールで鏡を踏み割りながら歩いていったように。

そういう破壊的な文章を書いていくことと、持続可能な暮らしをやっていくことを両立させることは不可能なのだろうか。そんなことはないだろう。そんなことはないはずだと信じたい。執筆を生活より優位に置かないといいものが書けない、評価されないという思い込みこそが、私を不自由にさせていた枷だったのではないか。

書くことから離れて暮らしをやるのではなく、暮らしをおろそかにして書くことに没頭するのでもない、自分の新しい道を見つけたい。そう思うけれど、この文章を書いている今は、また部屋がぐちゃぐちゃに散らかり、長い髪の毛が床に落ちてとぐろを巻いている。

てこでも動かない

「あんたは、てこでも動かない子どもだった」

と、ことあるごとに母は言う。

私の弟は、じっとしていられずにすぐにどこかに行ってしまう子どもだった。母と私と弟で外出するとき、母が弟を捜したり、追いかけなければならないような場面が多々あった。そんなとき、母が「ぐりこはここで待っていてね」と言い含めれば、私は、じっと、文字通り一歩も動かずにいつまでもそこにとどまり続けていたのだという。母は、四月に学校に提出する私の書類の〈本人の性格〉欄に、「おっとりしていてマイペース」と必ず記入していた。父はもっとストレートに、私に向かってよく「どんくさい」とか「ぐず」と言った。

弟は、道端に落ちていたイガ栗を手に持ったまま走って転んで手のひらをイガだらけにしたり、塀の上から落ちて後頭部を縫ったりと、しょっちゅう怪我をして母をはらはらさせていた。

弟と対照的に、私は怪我をすることが滅多になかった。その代わり、私は幼少期とても病弱で、アレルギーで食べられないものがたくさんあり、よく喘息の発作を起こし、入院することも度々あったから、弟の比にならないくらい母に心配と迷惑をたくさんかけたのだけれど。

てこでも動かない私も、時々は突発的に動いた。

一〇歳になるまで住んでいた団地の正面には、広い公園があり、私や弟や団地の子どもたちはよくそこで遊んでいた。公園と団地の建物の間には車一台通れる程度の道路があり、そこに生協のトラックやピザや郵便物の配達車が時々入ってきていた。

五歳くらいの頃だろうか。ある日の午後、私は、お気に入りの赤い三輪車を乗り回していた。いつもはゆったりと風を感じながら、優雅にカーブを描いて公園内をくるくる走りまわるのが好きだった。それなのにその日に限って、なぜか団地前の道路を一直線に全力疾走していた。ちいさな足を上下に動かし、ペダルをぐいぐいと漕いでスピードを上げていく。風がくりくりの天然パーマの髪をぼうぼうに逆立てる。右手にある団地の階段脇で、母は同じ年頃の子のお母さんと立ち話をしていたはずだ。左手の公園にある青と白で塗られた滑り台で、弟は斜面を駆け下りて遊んでいたはずだ。でも、その日に限って私はそれらを何も見ていなかった。正面さえも見ていなかった。

ばん、という衝撃があり、目の前に黄色い稲妻が光った。急に視界が真っ暗になった。三輪車を爆走させていた私は、路上駐車していた生協のトラックに、顔から激突したのだという。生協の名誉のために言うが、断じて、トラックが後方確認せずにバックしてきたわけではない。私が、停車しているトラックに、自ら激突しに行ったのだ。積み荷を降ろすために地面に並行になるように開かれた荷台の後方扉は、ちょうど、私の目の上、眉の高さにあった。あと数センチ低かったら失明していたことだろう。

次に覚えているのは、病院の診療台の上で天井の蛍光灯を見上げている場面だ。左目の上、眉頭のあたりを数針縫合したらしいのだが、傷口の痛みについては全く印象にない。診療台で私の身体の上に馬乗りになって、私が暴れないように押さえつけていた看護師さんの重みだけが記憶に残っている。めちゃくちゃ苦しかった。

医師の先生は、「女の子だから、顔に傷が残らないようにしないと」と細心の注意を払って治療してくれたという。ありがたいことだ。が、私の左眉の眉頭を斜めに横切る縫合跡には今でも毛が生えてくることがない。だから、だいたいいつも、眉下でぱっつんに切りそろえた前髪で眉を隠している。

小学一年生になって、ようやく学校に慣れてきた頃。今度は、ひとりで徒歩二〇分ほどの道のりをぱたぱた走りながら下校していて、歩道の電信柱に激突した。電信柱の名誉のために言うが、電信柱がこちらに向かって突進してきたわけでは、もちろんない。このときも顔から思い切り行った。鼻がぺちゃんこなおかげか、鼻を骨折したりすることはなく、右頬をざざっとすりむく程度の怪我ですんだ。

電信柱には無断の貼り紙防止のためにぶつぶつの突起がついた巻紙が貼られている。ちょうどその突起の位置にぶつかり、ぶつぶつが転写したような模様に右頬をすりむいた。

数日経って傷がかさぶたになると、その模様はまるでそばかすのように見えた。それはJUDY AND MARYの「そばかす」が爆裂に流行り始める少し前のことだった。トレンドの最先端をいく負傷だった、といえるかもしれない。かさぶたがきれいに剥がれてからも、右頬には、ＢＣＧの注射跡のようなぶつぶつが何年も残った。

私は普段はぼうっと生きていて、いつもじっとしている子どもだったのに、時折なぜかこうやって突発的に動いて、痛い目を見ていたのだった。

思春期の私は、左の眉毛の一部が生えてこないことや、右頬にそばかすのような跡があることをそれほど気にしていなかった。それより、気にかけるべきことは山のようにあった。当時私はバルーンアートの風船のようにぱつんぱつんに太っていた。低い鼻は団子みたいだし目は眠そうな奥二重だし、父譲りの剛毛で脇も足もちくちくしていた。おまけに、所属していた演劇部でオタクの男子高校生役を演じたのをきっかけに、髪の毛をベリーショートにしていた。こんな容姿の自分は一生誰にも愛されるわけがないと思っていた。

その後の人生でも、勢いだけで動き出すことが幾度もあった。

「おっとりしていてマイペース」「どんくさい」と言われて育ったのに、高校入学後になぜか、瞬発力と持久力が必要とされる体育会系文化部に入部して家族を驚かせた。

高三の夏に部活を引退してから、その競技を大学でも続けると決めた。そのために、今の自分の実力では到底手が届かない大学を第一志望に据えて勉強を始めた。

私が第一志望校に合格すると家族みんなに驚かれ、あんなにE判定が続いたのによく受けようと思ったよね、としみじみ言われた。父からは、既に入学金を振り込んでいた滑り止めの女子大に行かないのかと、不思議で仕方ないというような顔で問われた。堅実な父には、ぼうっと生きていて、こつこつ勉強していたわけでもないのに、突発的に、身の程知らずに、不釣り合いな世界に飛び込んでいこうとする私の存在が理解できなかったのだろうと思う。

二〇歳の頃、近所の警察署から私の深夜バイト先のコンビニに電話が来たことがあった。夜中の一時前だった。電話口の警官から、酒に酔った私の父を引き取りに来てほしいと言われた。

母は介護のために自分の生家に戻っていて、弟はまだ未成年だったので、私しか父の引き取り手がいなかったのだ。父は、家から二キロほど先にあるターミナル駅の駅前駐輪場で不審な動きをしていて、パトロール中の警官に声をかけられたのだという。飲み会帰りの父は、終電をなくし、徒歩で帰るには酔いすぎていて、他人の自転車を拝借して帰ろうと思ったらしい。最悪の酔っ払いだ。それにしても、タクシーに乗ろうという発想にならないところが倹約家の父らしい。

警官に何度も頭を下げ、私は父を連れて家に帰った。

それは、私のどんくささやだらしなさ、行き当たりばったりな性格を見下していたはずの〈堅実な〉父の、たった一回の失態だった。その、たった一回の失態を、二〇歳の私は許せなかった。これ以上父と一緒に暮らすのは耐えられないと思った。だから、祖母が亡くなり、祖父は施設に入って住む人がいなくなった母の生家に私が住むと宣言して、あっという間に実家を出てしまった。思えばこれも随分、突発的な行動だった。

高校で入部した部活と大学受験は、衝動的に始めたことがたまたまうまくいった例だけれど、うまくいかなかったことも多い。

自分で金を稼ぐことに憧れがあった私は、大学に入学してすぐにあらゆる種類のアルバイトに手を出した。でも、それらはほとんど続かなかった。特にだめだったのはマンション清掃と中学受験向けの塾の事務で、数回で心身の不調を感じて行かなくなった。自分の部屋の整理整頓もろくにできないのに、他人の家の清掃や、正確さや細やかな気配りが必要とされる事務作業ができるわけがなかった。

待遇がよかった深夜のコンビニバイトはなんとか続けていたけれど、仕事が全然できなくて店長にめちゃくちゃ嫌われていた。ホットスナックの什器のプラスチックのショーケースを割って破壊する。おでん容器を洗えば洗剤を洗い残す。客に渡すお釣りを間違える。気を利かせて品出しすれば場所を間違える。作業に夢中になって、客がレジに来ていても気づかない。常連の煙草の銘柄も永遠に覚えない。勤務最終日に、店長の元に挨拶に行ったときには、目も合わせてもらえなかった。たまにサークルの打ち上げでビールを飲んでから出勤していたのも、ばれていたのかもしれない。

大学四年、行き当たりばったりの就活はやっぱりうまくいかなかった。業界研究も自己分析もろくにせず、「イケてるメガネ男子と出会いたい！」と言って眼鏡小売店を受けたり、社割狙いで百貨店を受けたりしていただけなのだから当然だ。仕方ないので、大学院の修士課程にこれまた勢いで進学した。

修士二年のときにふらっと出向いた就活生向けのイベントで、ブースにいた社員のおじさんがダンディでかっこよかったからという理由だけで某社の面接を受け、なぜか内定をもらって就職した。そしてその会社も、仕事が軌道に乗ってきた五年目に突然やめた。その間に、大学のゼミの先輩だった（のに留年して大学院の後輩になった）人と交際ゼロ日で同棲開始し、あっという間に結婚し、あっという間に離婚した。

かくのごとく行き当たりばったりの人生である。思いつきや勢いで何かを始めて、嫌になったらぱっとやめて、ということを繰り返してきた。


そんな中、唯一私がこつこつ続けていたのは書くことだった。高校時代は、忙しい体育会系文化部に所属しながら、文芸部も掛け持ちして小説やエッセイを書いていた。大学時代にはブログに日記を頻繁にアップしていた。社会人になって、ｗｅｂ記事の執筆仕事を引き受けたり、友人と同人サークルを立ち上げて文学フリマに出るようになった。

数年前、母とカフェでお茶をしていたとき、何かの話の流れで、私が今でも文章を書いて発表していて、自主制作本がいくつかの本屋さんに並んでいることを何気なく口にした。すると、母は人目もはばからず、涙目で私の手をとってきた。

「ぐりこは昔から、将来は文章を書く仕事がしたいと言っていたのに、教育学部に行って堅い仕事に就いて、お父さんとお母さんが堅実志向だったから無意識にそっちに誘導してしまったのかと思って、ずっと後悔してたのよ」

母がそんな罪悪感を持っていたなんて、私はまったく気づかなかった（おそらく父はなんとも思っていない）。たしかに、自分の進路選択や職業選択に、両親の影響がなかったとは言えない。堅実に生きることを両親に強いられていたとは思わないけれど、特に父からは、自分自身を認められていないと感じることも度々あった。

幼い頃の私は、時折、向こう見ずに闇雲に走り出さずにはいられなかった。思春期以降の私は、いつも、行き当たりばったりに知らない世界に飛び込んでいった。それらは、私なりの、堅実な両親への抵抗であったのかもしれない。

私の手をしっかり握ったまま、母は続けた。

「ぐりこが、今でも好きなことを続けていてくれて、お母さんは本当にうれしい。ありがとう」

石橋を叩いて渡ろうが、吊り橋を駆け抜けようが、私が納得してやりたいことをやって生きていれば母は喜んでくれるのだと、このとき初めて知った。母につられて泣きそうになるのを、へへへっと笑ってごまかした。

禁欲と強欲

　高校に入学してびっくりした。私が入学したのは、保健体育科を併設する高校の普通科だった。運動部が強くてスポーツ系の行事が盛んなその学校は、普通科も体育会系のさわやかな明るい雰囲気で、クラスはスポーツも勉強も行事もがんばるいい子たちの集まりだった。

　私の通っていた公立中学はやたらと陰の気の強い学校だった。当時全盛期だった『バトル・ロワイアル』に感化された学年の二〇人ほどの生徒たちが〈残酷同盟〉という同人サークルを結成し、月一で機関誌を発行して学内に流通させていた（私はもちろん主要メンバーとして、デスゲーム小説を寄稿し、機関誌の印刷などもやっていた）。そんな中学出身の私は、中学と高校のギャップの大きさにひたすら戸惑っていた。それまで私は、自分が運動神経が悪くてどんくさいからと思って、いやいや勉強をやっていたのに、高校の同級生はみんな、全部をそつなく懸命にこなしていた。えらすぎる。

大学は、第一志望だった私大になんとか滑り込んだ。大学に入ったら入ったで、熾烈な受験戦争を勝ち抜いてきたはずの女の子たちが、みんなおしゃれでかわいくて彼氏がいたりすることにまたびっくりした。私がもしあんなふうにおしゃれでかわいかったら、部活も受験勉強もろくにやらなかったに違いない。高校時代に一度も話す機会のなかったようなさわやかな同級生男子との恋愛にかまけているか、あるいは渋谷や原宿をうろうろしているよくわからん大人の男に誘われるままセックスばかりしていたはずだ。当時私はセックスをしたことがないどころか彼氏もいたことがなかったけれど、中学で回し読みされていた斎藤綾子の小説や、漫画『ふたりエッチ』『東京大学物語』などによって、セックスへの憧れを募らせていた。

堅実な家庭に育った。うちはお金がないとことあるごとに言い聞かされ、何かほしいものがあってもクリスマスや誕生日以外でそれが買ってもらえるとは思ったこともなかった。電車内やスーパーマーケットでひっくり返って泣きわめいているよその家の子のことを、エイリアンでも見るような目で眺めていた。

買い食いは禁止、もらったお年玉は全額貯金するのが当たり前、小学四年の頃に初めて買い与えられたゲームボーイポケットは一日三〇分までと決められていた。その教育の甲斐あってか私は今、ゲームを一切やらない。が、代わりに一日に六時間ほどTwitter（現・X）を眺めている大人になった。

人は見た目でなくて中身が大事だと教えられ、自分は見た目が悪いのだから努力しなくてはいけないと思っていた。高校のときに入部した体育会系文化部では練習にのめり込み、誰に強いられたわけでもないのにストイックに筋トレや走り込みを続け、東京代表選手として全国大会に出場するまでになった。高校の授業は現代文以外ほぼ寝ていたのに、大学受験の勉強に本腰を入れるというときには、勉強の邪魔になるから携帯を解約したいと親に自ら申し入れ、自室の本棚を封鎖して退路を断った。我ながら極端な性格だなと思う。

大学に入ったら、親に何かを禁止されることがなくなって、時間の使い方もどこに行くのも自由だった。中学と高校は共学だったけれど、学校生活のウエイトの大半を占めていた部活のメンバーが女の子ばかりだったので、異性と関わる機会がほとんどなかった。大学に入ったら、ゼミでもサークルでも異性が当たり前にその場にいた。飲み会やカラオケオールが頻繁にあり、一人暮らしの先輩の家にみんなで泊まったりすることもあって完全にタガが外れてしまった。

大学一年の冬に初めて彼氏ができて、別にかわいくなくても恋愛やセックスをしてもいいのでは？できるのでは？と気づいた。すると、禁欲的な子ども時代から一転して、一気に自分の欲を満たすことに執着するようになった。

私が自分から好きになるのは決まって、彼女がいてその彼女を大事にしている人だった。自分がその人のオンリーワンになりたいという気持ちはあんまりなかった。そういう存在になれると思っていなかった。他の人を好きな人が、一瞬でも自分に目を向けてくれればそれで充分だと思っていた。

社会人になってからは、仕事関係の飲み会で言い寄ってきた人ととりあえず寝てみるようになった。学生時代にはセックスが目的の男に言い寄られることなんかなかったから、自分が性的対象として欲望されていることがうれしかった。部屋がいつも散らかっていて自分の家には男を上げられないので、自宅から徒歩五分の東横ＩＮＮでインしたりしたのもいい思い出である。

夫となるみーくんと結婚することを決めた理由のひとつは、みーくんが、私が他の人と寝るのを許容してくれたことだった。

結婚は、人生最大の承認だった。夫となったみーくんから唯一無二の相手として選ばれたこと、両親や祖父母が心から喜んでくれたことで、ポンコツの私も、社会で一人前の人間だと認められたような気がした。当時の私は結婚というものを、死ぬまでずっと続く生活としてではなく、その瞬間に自分自身が承認されるためのイベントとして捉えていたのだと思う。良好な関係や快適な生活を継続するための努力は一切しないで、その承認だけを得ようとしていた。

そんな人間が、結婚生活をうまくやっていけるはずがなかった。

みーくんとの関係がうまくいかなくなると、私は性感マッサージに行ってみたり、飲み屋や飲み会帰りの電車でただ行き合っただけの人を自分から誘ってセックスするようになった。今にして思えば、性依存症のような状態だったかもしれない。

離婚したら憑き物が落ちたように、異性に性的に承認されたいという気持ちがなくなった。すると、私の強欲は、性欲の代わりに物欲という形で現れた。

お年玉を全額貯金していた子どもの頃から、将来のために万全の備えをしておくのが当然だと思っていた。そうしない人間は愚か者だとさえ思っていた。愚か者は私じゃん。いつか来る、出産育児や持ち家購入などのライフイベントに備えて、なるべくお金を使わないで暮らすのがいいことだと信じていたけれど、「いつか」っていつだよ。親の教えを疑うことなく地道にお金を貯めて生きてきたけれど、もう離婚しちゃったし。来るのかどうかもわからない「いつか」のために、今の自分のほしいものを見て見ぬふりするのがばからしくなってしまった。

離婚後、三〇歳を迎える記念に、カルティエの腕時計を買った。転職後、前職の退職金をはたいて、リーン・ロゼのソファも買った。汚れが目立ちそうで全然実用的ではないけれど、夢のようにかわいい、淡いアイスブルーの布張りのソファ。

それまでは、実家から送られてくる生協の化粧水か馬油を顔に塗りたくるだけだったのに、ポーラのB．Aシリーズの基礎化粧品を使うようになった。それまでは、無難で仕事にも着ていける無地のモノトーンの服ばかりを買っていたのに、店頭で心がときめいた服は値札を一瞥してためらいなく買い求めるようになった。ポール・スミスの宝石柄のワンピースに、裏地がショッキングピンクのライダースジャケット。アニエスベーのレオパード柄のコート。MABATAKI美雨の、ヒールに赤い薔薇が閉じ込められた本革のパンプス。

今はもう、セックスにはそんなに未練がない。でも私にはまだ、異性に「かわいい」と言われたいという欲望がある。誰かに性的対象として見られたいって、つまるところかわいいと思われたいってことだったんだ！　最近、やたらとかわいいとかきれいと言って寄ってきた男と、付き合ってすぐ別れるという経験をして、自分の心の奥底に隠れていた欲望にようやく気づいた。

私が編集長を務めていた早稲女同盟というサークルが、二〇一五年に刊行した機関誌『いばら道vol.1早稲女×セックス』に、がおちゃ'15さんの漫画「早稲女×はじまり」が載っている。この漫画では、好きな男との初夜の翌朝、男に「頭のいい子だね」と言われて心を射抜かれる主人公が描かれている。この本の刊行当時、文学フリマ東京の打ち上げか何かの席で、サークルのメンバーとこのシーンについて話した。この男の「頭のいい子だね」というセリフや頭をぽんとする仕草はいかがなものか、とか、でもやっぱり頭のいい男に頭がいいと認めてもらえたら撃ち抜かれちゃうよね、とか。そして、「頭のいい子だね」と言われたいか、「かわいい子だね」と言われたいか、各々が自分の考えを述べ合った記憶がある。

そのとき私は思っていた。自分はそれほど頭がよくないし、客観的に見てかわいくもない。それはよくわかっているから、別に「頭のいい子だね」とも、「かわいい子だね」とも言われなくていい。私は、「文章が面白い」と言われるのが一番うれしい。文章を認めてもらえれば、自分の存在を肯定してもらったと思える。

今でも、文章を認められたいという気持ちは変わらない。でも、だからってかわいいと言われなくてかまわないというのは、虚勢に過ぎなかった。

子どもの頃、父に、「どんくさい」とか「たぬきに似ている」とか、ことあるごとに言われていたのがずっと嫌だった。

私の弟夫婦に子が生まれたときに、病院に赤ちゃんを見に行った帰りに、父と母と一緒に病院近くの鳥貴族に入った。初孫の誕生に上機嫌の父は、

「これでぐりこはおばさんだな。母さんはばあさんだな」

と繰り返し言ってきた。おばさんって言っても、別に見た目のことじゃないよ、続柄が、生まれた子の伯母にあたるのは事実なんだからね、とご丁寧に補足してくる。

「ぐりこは赤ん坊の頃からでかくて泣き顔もぶさいくだったけれど、あの赤ちゃんは本当にかわいかったな」

とも言われた。

うんざりした私は、声を低くして、しつこいな、いい加減にして、と吐き捨てた。母は、父をたしなめるのではなく、私に対して、怒らないで、と言った。

帰宅してベッドに直行して、顔を枕に押し付けるようにして泣いた。実家に帰ったり父と話したりした後、一人暮らしの家に帰ると、私は決まってそうなる。大人になって親元を離れた私ではなく、子どもの頃の私が泣いているのだと思う。

子どもの頃だって、自分の特性や容姿について心ないことを言われたときに、泣いたり怒ったりしたらよかったのだ。たまにそうしたときにも、「スマイルスマイル〜」などと言って茶化されて終わっていたけれど。反抗期を迎えた私が、あるとき母のいなかった日に食卓で「お父さんは黙ってて」と言ったら、父にバナナの皮を顔に向かって投げつけられた。今にして思えば、あんなの躾でもなんでもない。だけどそういう父の言動を当たり前のものとして受け入れていた。私は見た目が悪いし、どんくさいし、かわいげもないんだから、他のことで努力しないと、と思っていた。

父親にかわいがられたかった。

今でも、男にかわいいと言われたいと思ってしまう。若い頃ならともかく、今さらそんなことに気づいたってどうしたらいいのだろう。うら若い乙女でもなんでもなく、バツイチであと数年で四〇歳になるのに。不惑だよ。不惑ってなに？

欠陥品のまま

私の気持ちを全然わかってない！

最近、生まれて初めてそう思った。相手は、通っているキックボクシングスタジオのインストラクターだった。

半年ほど前に、とある格闘技エクササイズのスタジオに通い始めた。入会前は、プロ志向の人が在籍していて私のような運動音痴の初心者は舌打ちされたりするのではないか、と不安に思っていたけれど、全くそんな雰囲気ではなかった。加入したのは年の暮れだったのだが、スタジオの入り口のカウンターにカントリーマアムやら明治のチョコレートやらを詰め合わせてきれいにラッピングした透明の小袋がどっさり積んであった。お菓子の横にあった「R先生からのクリスマスプレゼントだよ！」というメモを見た瞬間、「あ、このスタジオに通う人は、誰も大会前の減量とかしていないんだ！」と、とても安心したのを覚えている。

スタジオにはボクシングやムエタイなどのメニューもあったけれど、私はもっぱらキックボクシングのレッスンを受けていた。インストラクターのO先生に、キックボクシングを始めたきっかけを尋ねられて、

「仕事でむしゃくしゃして」

と答えたら笑われた。大半の女性はダイエットや筋力アップを目的として通い始めるらしい。たしかに、「むしゃくしゃしてやった」は無差別殺人犯の犯行動機……。

このスタジオに通うことを決めたのは、女性専用スタジオで、レッスンも女子校のような雰囲気だったからだ。私は女子校に通ったことがないのでそれはイメージ上の女子校でしかないのだが。レッスン中の筋トレがきついとみんなで若い男性インストラクターにぶーぶー文句を言ったり、他の人がミット打ちをしているときに「あと一〇秒」「がんばって」「ナイス」と声をかけたりする。すっぴんやへそ出しのウェアなど自由な恰好でレッスンに参加し、ありえないくらい汗をかいてぐびぐびとミネラルウォーターをあおる女性たちは、技の上手い下手にかかわらずみんなぴかぴかに光って見える。私は運動音痴だし、すぐ腰を痛めて長期で休むし、週一程度しか通わないので全然上達しないけれど、彼女たちと一緒に身体を動かしているのは、いつもすごく楽しい。

入会から数か月経った春先に、女性専用だったスタジオがリニューアルして男女兼用になる

ことが決まった。経営上の都合で仕方ないことなのだろう。けれど、正直、男女兼用になると知っていたらこのスタジオに決めなかったなと思った。男女兼用になった後も、女性専用レッスンを週に何回か残してくれてはいたので、予定をやりくりしてそれに通っていた。

男女兼用になった直後、いつものようにレディースキックのレッスンを受けていると、中年男性が自主練をしにやってきた。二〇畳ほどの狭いスタジオで、ふしゅーふしゅーと謎の音を吐きながらどかんばしんとサンドバッグを蹴りまくっている。その人はそれ以降もよく自主練に来た。いつもすごくうるさいし、汗が飛び散るし、なんだかこわくて嫌だった。また、初心者の男性がスタジオにいると、インストラクターがレディースキックのレッスンに飛び入り参加させることがあるのも嫌だった。

そんなある日、仕事をやりくりして夜のレッスンに向かったら、スタジオ入口に貼り紙があった。そこで初めて、本日O先生が欠勤で、キックボクシングのレッスンがボクシングに変更されていることを知った（代行した先生の担当種目がボクシングだったのだ）。私はボクシングのレッスンに参加したことがないので、その貼り紙を見てすごすごと帰宅した。

翌日、またレディースキックのレッスンに向かったらO先生がいたので、めずらしく自分から話しかけてみた。

「昨日お休みどうしたんですか？」

「ああ、自分ちょっと連勤になっちゃってたんで、他の先生に代わってもらったんです」

「ここに来て初めてレッスンがキックじゃなくなったのを知って、まっすぐ帰ったんですよ」

別に、不満をぶつけるつもりでそれを口にしたわけではない。昨日の代行の理由が、急病や身内の不幸ではなかったとわかって安心したし、「せっかく来てもらったのにすみません」とか、「その分今日がんばりましょう」とか一言声をかけてもらえたらそれでよかった。でも、O先生の次の一言を聞いて、私は本気で頬をふくらませることになった。

「え、なんで帰っちゃったんですか。ボクシングやればよかったじゃないですか」

「そんなの無理ですよ！やったことないもん！こわい！」

「Y先生そんなこわくないですよぉ。いや、怒ったらちょっとこわいかな？」

そのときに思ったのだ。この人、私の気持ちを全然わかってない！スポーツインストラクターになるほど運動が得意で、性格が明るくて、休日には友人たちとバーベキューやフットサルをするような人間には、運動のできない陰気な人間が新しいスポーツを始めたり、知らないインストラクターのレッスンを受けたりするのがどれほどハードルが高いことかわからないんだ。小学校の体育のサッカーでパスが明後日の方向に飛んでいって男子に舌打ちされたり、ドッジボールで逃げ回っていたら笑いながらボールをぶつけられたりした経験がないから、スタジオが男女兼用になってどれほど私が居心地悪い思いをしているかわからないんだ。くそったれ。

ばーかばーか。こっちは金払ってる客だぞ。もうこんなスタジオやめてやる。

……と、そのときは思ったのだけれど、キックボクシング自体は楽しいし、通える範囲には他に女性専用のジムも見当たらないので、ぶうたれながらも通い続けている。通っているスタジオのすぐ近くには、昔ながらの銭湯と本格的なインドネシア料理の店がある。なんと私ホイホイな立地だろう。レッスン後に銭湯で気持ちよく汗を流したり、インドネシア料理屋でおいしいナシゴレンを食べるのが楽しみで、通い続けているとも言える。

インストラクターが注意してくれたのかわからないけれど、ふしゅーふしゅー言いながら自主トレをしていたおじさんも、いつの間にか静かにサンドバッグを打つようになっていた。

「あなたには私の気持ちがわからない」

そのときその言葉をO先生に対して口にすることはなかったけれど、その思いが自分の中に浮かんだこと自体に、私は驚いていた。

今までの人生ではいつも、その言葉を言われる側だった。私は昔から、真面目でも努力家でもなくぼうっと生きているのに、学業ではそこそこの成績をとり、部活動で結果を出し、進学先や就職先を決め、やりたいことを仕事にして充実した毎日を送っているように、傍から見えていたらしかった。後輩や友人や交際相手や、いろんな人から「あなたはいいよね。うらやましい」「あなたには私の気持ちなんかわからない」などの言葉を投げられてきた。おそらくその言葉には「(大した苦労もせず)(環境と才能と運に恵まれて)(成功している)あなた」という含意があったのだろう。それを言われた相手の気持ちを慮ることなく、その「気持ち」を表明してしまえる、それが受け入れてもらえると思っている人の屈託のなさがものすごくまぶしい。嫌みでなく、私もそういうふうに生きられたらよかったと思う。

「あなたには私の気持ちなんかわからない」と私に言ってくるあなたが、それを私に言わずにいられないほど苦しいのだということは想像できるよ。苦しい思いをさせてごめんなさい。あなたの気持ちを私はきっと全部はわからないけれど、わかりたいとは思ってるよ。そんなふうに返してあげたらよかったのかもしれない。でも、それを言われた瞬間に、私はいつも自分の心のシャッターを下ろしてしまう。

私は自己中心的で、強欲で、負けず嫌いな人間だ。誰かのために何かをがんばるという機能が搭載されていない。その代わり、自分がほしいと思ったものは何がなんでも手に入れようとする。

何かを犠牲にしなければ、一番ほしいものは手に入らないと思っていた。勝つためには全てを犠牲にするのが当たり前だと思っていた。初詣や旅先で神社に行って手を合わせるときにはいつも、これさえ手に入れば他に何もいらないから、私に○○をくださいと祈った。

部活動に打ち込んでいた高校生活で、部活以外の思い出はほとんどない。体育祭の日は薄暗い部室にひとりで隠れていたし、現代文以外の授業は机に突っ伏して爆睡していたし、部活の仲間以外に友人もいなかった。文化部なのに、体力をつけるために毎晩、腹筋背筋一〇〇回ずつと腕立て伏せ五〇回をやっていた。それでは飽き足らなくなり最終的には毎日走り込みをして、マンション九階にある自宅まで階段で駆け上がっていた。学校で配られた英単語帳『英単語ターゲット1900』には、中表紙に漫画『ピンポン』のアクマの台詞を書き殴っていた(私は卓球部ではない)。

続けろ卓球。血ヘド吐くまで走り込め。血便出すまで素振りしろ。

(松本大洋『ピンポン③』)

誰よりも強くなりたかった。他人にどう思われてもかまわなかった。精密機械になりたいと本気で思っていた。きちんとメンテナンスさえすれば、心身の不調に煩わされることのない精密機械。切羽詰まった勝負どころでも、淡々と力を発揮できる精密機械。弱い人間に「あなたには、私の気持ちなんかわからない」と言われても傷ついたりしない精密機械。人間として欠陥品でかまわないから、私はそういう存在になりたかった。

一〇代後半から二〇代、そうやって全てを懸けていた勝負の世界から、今は完全に離れて生きている。代わりに、人と自分を比べずに自分の内面と向き合うことを良しとするホットヨガや、フィットネスとしてのキックボクシングを始めた。それらは、勝負の世界で勝ちを手にしたときとはまったく違う穏やかな喜びを、私にもたらしてくれる。

数年前、仕事で関わっていた年上の女性に、誰もいない会議室に連れて行かれた。狭い部屋の中に、その人のつけていたローズ系の香水の香りが立ち込めた。

「あなたには子どもがいないから、人の親である私の気持ちなんてわからないでしょうけど……」

と、その人が泣きながら私をなじり始めたとき、私はうっかり笑いそうになってしまって、慌ててうつむいてリノリウムの床を見つめているふりをした。ドラマや発言小町の中だけでなく、現実の世界にも、そんなことを面と向かって言う人がいるんだなあ、と他人事のように考えていた。

これまで、大した苦労もせず成功していると決めこまれて、「あなたには私の気持ちがわからない」と言われることは多々あった。けれど、相手が持っているものを私が持っていないことを理由に、明確にこちらを貶める意図でそれを言われたのは初めてで新鮮だった。その状況を面白がっている私は、やっぱり人の気持ちがわからない欠陥品なのだろうと思った。

「人の親なのに、それを言われた人の気持ちも想像できないんですね。私は婦人科系の疾患があって自然妊娠が難しいんですけれど、夫と子を持つかどうかの話し合いがまともにできなくてそれが理由のひとつで離婚したんですけれど、あなたに私の気持ちはわからないでしょうね。別にわかってほしいとも思わないですけど」

とか言い返したらどうなっていたのだろうか（もちろん言わなかった）。


勝負の世界から離れた私は、今はもう精密機械になりたいとは思わない。ほしいものはあるけれど、それを手に入れるために他のものを全て犠牲にすべきだとも思わない。暮らしをおろそかにしてしまう性質は変わらないけれど、血ヘドを吐くほど自分を追い込むこともない。

人の気持ちは相変わらずよくわからない。人と人はわかりあえない、昔から変わらずそう思っているのに、最近は、うっかり誰かとわかりあいたいとか、誰かと一緒に生きていきたいとか、欠陥品に不釣り合いなそんな望みを抱くようになってしまった。「あなたには私の気持ちなんかわからない」と、誰かに言いたくなる気持ちは、この年齢になってようやくちょっとわかるようになった。けれど、そんな気持ちを自分が誰かにぶつけても受け入れてもらえるとは、一生思えないままなのだろうなと思う。

私が悲しいのは

ずっと忘れられない光景がある。

秋晴れの日曜、港区高輪の住宅街を散歩していると、ふたりのマダムが向こうからやってくるのが見えた。ひとりは純白のボブヘアに白とベージュのギンガムチェックのワンピース、キャラメル色のジャケットに同系色の革靴を合わせている。もうひとりは肩にかかる銀髪で、白いセーターに、たしかグレーのロングスカートといういでたちだった。ふたりの距離は肩が触れるほど近く、腰より少し高い位置で互いの手をとり合ってゆっくりゆっくり歩いていく。グレイヘアの女性は杖をついていたので、白髪の女性が支えていたのかもしれない。

すれ違った後、私は思わず振り返ってふたりを見送った。すてきなファッションだけでなく、ふたりが仲睦まじい様子で寄り添っている様子に心を惹かれた。ふたりの間には、ただの茶飲み仲間や遠い親戚には見えない親密な空気がただよっていた。親友か恋人同士か姉妹か。あるいは、（歳はそれほど離れていないように見えたけれど）母と娘か、叔母と姪かもしれない。その関係性がどんなものかはわからないけれど、私は、ああ、あのふたりみたいになりたい、と強く思った。あんなふうに魅力的に歳を重ねて、あんなふうに女同士寄り添い合えることに憧れた。

先日知人に好きな映画を訊かれて、思いつくままに挙げていったら、「女ふたり」が主人公の映画がいくつもあることに気づいた。マリエという同じ名前の少女ふたりが、自分たちに言い寄る男をからかったり悪ふざけを仕掛けるチェコ映画『ひなぎく』。社会に馴染めずに高校卒業後モラトリアム生活を送っていたイーニドとレベッカが、少しずつすれ違っていくほろ苦い青春映画『ゴーストワールド』。パク・チャヌク監督の『お嬢さん』は、日本統制下の韓国で女性同士の絆によって男性中心社会の支配から逃れようとするふたりの物語だし、山内マリコ原作の『あのこは貴族』では、渋谷区松濤に生まれ何不自由なく育った女と、地方出身で貧困のために大学中退を余儀なくされる女の生き様が対比的に描かれる。

「女ふたり」のロードムービーの傑作としてよく話題に上る『テルマ&ルイーズ』を、私は最近ようやく観た。主婦のテルマとウェイトレスのルイーズがドライブに出かけるが、酒場で知り合った男にテルマがレイプされそうになり、ルイーズがその男を射殺してしまったことでふたりの逃避行が始まる。冒頭では、夫の許可を得なければドライブにも行けないと言い、予想外のことが起きる度にパニックを起こしていたテルマが、後半には堂々と（クズな）男たちと対峙し、機転を利かせて困難を乗り越えていく様は圧巻だ。そうして少しずつ自分の人生を取り戻していくテルマに、辛辣なことを言いながらもずっと寄り添っているルイーズも最高だった。ふたりの表情や服装、そしてたたずまいまでがどんどん変わっていくのも見どころのひとつだろう。初めは性格も容姿も正反対に見えたふたりは、逃避行を続ける中で運命共同体となり、まとう空気を同じくしていく。

私には、社会人になってから出会って意気投合し、一緒に同人誌を作って文学フリマで売るようになった女友だちがいる。その女友だちはメイコという。メイコとは共通の友人がたくさんいたから、実際に会う前からSNSでは相互フォローで、お互いがネット上にアップした小説やエッセイを読み合っていた。初めて会ったのは私が他の友人たちと出店していた文学フリマで、メイコはお客さんとして遊びに来てくれていた。それからしばらくして、私は占い師のすすめでとあるエリアに引越し、そのエリアに住んでいたメイコや共通の友人たちとよく一緒に遊ぶようになった。

仲良くなってからそれほど時間が経たないうちに、私は「ふたりで本を作って文学フリマに出よう」とメイコを誘った。遊び仲間のうちのひとりでしかなかったのに、よく思い切ったものだなと思う。私たちはお互いにお互いが書く文章が好きだった。それに、企画立案や宣伝が得意な私と、デザインセンスがあって編集作業ができるメイコならきっとうまくいくという確信が私にはあった。

一緒に本を作るようになってからは、打ち合わせを兼ねて度々ふたりで会うようになった。出かける日が決まれば、デートプランを練るように行きたいところを挙げ合ってその日の行程を決める。ホテルでアフタヌーンティーをしたり、カフェ巡りをしたり、背伸びして回らないお寿司を食べに行ったり、気になっていたレストランでランチをした後で街を散歩したり（こう書くと食べてばかりだ）。メイコと出かける日には、私はいつもそのときに一番気に入っているワンピースを着て、仕事の日の三倍の時間をかけて化粧をしていた。

泊まりで出かけることもあった。ふたりで出雲大社に旅行に行ったときには、メイコが二泊三日の行程をみっちり書き込んだ旅のしおりを作ってくれた。「出雲大社の縁結びのお守りは、人からもらった方が効き目がある」という話を聞いて、お互いが買った縁結びのお守りを東京に帰ってきてから交換した。

コロナ禍には、遠出がしにくい代わりに、都内のホテル泊を満喫していた。パークハイアット東京に泊まり、部屋の窓辺に体育座りして『ロスト・イン・トランスレーション』ごっこをしたり、ホテルニューオータニがファッションブランド、ポール&ジョーとコラボレーションした特別ルームに泊まり、夜更けまでパジャマパーティーをしたり。

通算六冊目となるアンソロジーを制作していた頃、入稿直前のある晩、メイコと一緒に私の家で編集作業を行っていたときのことだった。作業が一段落したところで、メイコは意を決したような面持ちで、ぐりちゃんに話があるんだけど、と切り出した。どうしたの急に、と訊くと、

「私、結婚します」

しばらく口がきけなかった。しょっちゅう一緒においしいものを食べに行って、甘ったるい色彩のホテルのスイートルームで一晩たっぷりおしゃべりして、アンソロジー制作の打ち合わせだって何度もやってきたのに、その間ずっと、メイコは交際相手がいることさえ私に教えなかったのだ。聞けば、一〇か月前に婚活で出会った相手とお付き合いをしていて、結婚が決まり、二か月後には結婚式を挙げる予定で、その相手とはもうすでに同居を開始しているという。

メイコが執筆中の、婚活にまつわるエッセイを先入観なしで読んでもらいたかったから、そのエッセイが完成するまで私に話せなかったのだとメイコは説明した。それは私にとって、わかるようでわからない理由だった。エッセイはある時点での現実の出来事や心情を文字で再構築して紙に刻印したものなのだから、現実がエッセイを追い越していくのは当たり前のことだ。私が、現実に今メイコの身に起きている出来事を知って、それによって彼女のエッセイを冷静

に読めなくなるだろうと、メイコが考えたのだとしたら、私は彼女の友人としても彼女の文章の一読者としても、随分見下げられたものだなと思った。

なるべくなんでもないことのように、「次の文フリはどうする?」と訊いた。メイコは「わからない」と答えた。

結婚をお祝いしたい気持ちはもちろんあるけれど、心臓がべったりと鉛色のコンクリートで塗りこめられていくように感じていた。私はメイコのことを全部知りたかったし、自分が一番メイコのことをわかっていると過信していたのだと思う。気心の知れた女友だちだからって全部報告しあわなければならないわけではないし、全てをわかりあえるわけもないのに。いつまでも着飾って集まって、一緒に本を作ったり、都内の高級ホテルに泊まったり老舗レストランでコース料理を食べたり、職場のおじさんやデート相手の悪口を言ったりして過ごせると思っていた。それなのに、そんなふうに思っていたのは私ひとりだけだったこと、そして彼女が新しい道を自分ひとりで決めて歩き始めたことがとても悲しかった。

結婚式の日、深紅のドレスを身にまとったメイコは息を呑むほど美しくて、式自体もすばらしかった。私のスマホのカメラロールには、メイコのソロショットばかりが残っていた。式が終わってから、メイコは英会話や料理教室に通い始めてとても忙しそうだった。英会話に料理教室?そんなところに通うなんて、私の知っているメイコじゃない。もう今までのように気軽に遊びに誘えない。ましてまた一緒に本を作ろうなんて絶対に言えないと思った。

結婚式の後、メイコとふたりで遊んだのは一度きりだ。六本木ヒルズの森アーツセンターギャラリーで開催されていた「特別展アリス」を見に行った。九月も終わりに近づく頃だったけれど、その日は真夏のように日差しが強かった。暑すぎて、布がたっぷりしたお気に入りのワンピースを着ていくのは諦めた。

展示を見た後、併設のカフェで一緒にアフタヌーンティーをした。英国式の紅茶やスコーンを味わいながら、私は、メイコの新婚生活について一切話を振らなかった。夫の愚痴も惚気も聞きたくなかった。

その日の夜、私はひとりでヒューマントラストシネマ有楽町に向かい、『秘密の森の、その向こう』を観た。数日前に既に一回劇場で観ていたから、その日に何としても観に行きたいわけではなかったけれど、アフタヌーンティーの後、メイコともう一軒カフェに寄る気になれなくて、映画鑑賞を理由に解散したのだった。

『秘密の森の、その向こう』も、母と娘、「女ふたり」の物語だ。主人公の八歳の女の子ネリーは母方の祖母を亡くし、両親と共に母親の生家に遺品整理に訪れる。ある朝、心に悲しみを抱えたネリーの母マリオンが失踪してしまう。ネリーが森でひとりで遊んでいるとき、同い年の女の子と出会う。マリオンと名乗るその女の子は、幼き日の自分の母だった、という話。

ネリーは、自分の母マリオンについて、失踪する以前にも「ここにいたくない」という気持ちを感じているようだったと言う。それを聞いた八歳のマリオンは、未来の自分の娘であるネリーに、あなたのせいではないと伝える。

「私が悲しいのは、私のせい」

その台詞を聞くのも二回目なのに、雷に打たれたようになった。そうだ、今私の感じている悲しさは、私が心の中で作り上げたもので、メイコによってもたらされたものではない。勝手にメイコのことを運命共同体のように思っていて、そうではなかったことを思い知らされて、ひとりで勝手に悲しがっている。

女友だちとの関係は唯一無二で代替不可能だ。けれど、その関係が変化してしまったときに私の中に芽生えた感情もまた、誰かと共有したり取り換えたりはできない私だけのものだった。

その数か月後、私が主催するちょっとしたパーティーにメイコを招待したら、体調が悪いから欠席すると連絡がきた。体調不良の理由も、ずっと先まで私に伝えられることがなかった。そのことに疎外感を覚えてしまったのも、彼女のせいではなく私の問題だ。その感情は、彼女にぶつけることなく、でも、なかったことにすることもなく、自分で引き受けるしかない。

夫と離婚して、メイコと同人誌を作るようになってからの四年間、私はたったひとりの恋人も作らなかった。できなかった、というのが正しいのかもしれないけれど、特段ほしいとも思っていなかったのは事実だ。離婚してからずっと、メイコが一緒だったから私は悲しみに支配されることがなかった。

編集作業を自分でできなかった私が、自分の本を出し続けられたのも、メイコがずっとその作業を一手に引き受けてくれていたからだった。メイコが結婚してから、私はずっと避け続けてきたInDesignを学んで、編集作業を自分でやるようになった。

『ゴーストワールド』のイーニドは、新しい道を歩き始めたレベッカに背を向けて、廃線になったはずのバスにたったひとりで乗り込む。でも、私はひとりのまま自分の道を突き進むことはできなかった。新しくできた友人たちを誘って、一緒にアンソロジーを作った。そして、同じ頃に突然人生に現れたペンギン氏という人と、よく考えることもなく付き合い始めた。全部必然だったのかもしれない。その頃の私は、なんとかして心に空いた穴を埋めようとしていたような気がする。

二時間でエンドロールを迎える映画と違って、人生は続いていく。明日はやって来る。私たちふたりがそれぞれの人生を生きて、長い年月が経って年を重ねた先には、メイコとまた打ち解けて話せる日が来るに違いない、そう思っていた。いつか高輪で見かけたふたりのマダムのように、寄り添って歩ける日が来ると信じたかった。あのマダムたちだってきっと、うら若き日に真っ黒だった髪が美しいグレイヘアや白髪になるまで、ずっと親密に、喧嘩もすれ違いもなく寄り添い続けてきたわけではなかったはずだ。

　そう自分に言い聞かせていたのだけれど。


二〇二三年、『ゴーストワールド』のリバイバル上映が決まる頃、第一子を妊娠中で安定期に入ったメイコからＬＩＮＥで連絡が来た。

「とっても急なことでお誘いするのも申し訳ないんだけど、明日予定が未定だったら私と夫氏とバーベキューに行きませんか」

　その文面を見たときに、私のなかで何かが音を立てて壊れた。バーベキューって、あの、パリピな人たちが男女入り乱れて屋外でウェイウェイするバーベキュー？私たち、そういうんじゃなくない？これまでいつも、おしゃれなレストランやアフタヌーンティーを探して会っていたのに、なんで久々のお誘いがそんな内容なの？しかも日にちが明日指定って。Amazon お急ぎ便じゃないんだから！

　メイコの夫が一緒というのも気に入らなかった。夫が場にいたら、久々にメイコと会うのに何にも話せないじゃん。そんなの会う意味ないじゃん。

続く文面が追い打ちをかけた。

「特記事項としては肉を買いすぎたことです」

「急なお誘いごめん（汗）。食材の用意してたら、思ったより量があるな？となってしまい……！」

いや、おい、私に会いたかったわけじゃなくて、肉食う要員として声かけたのかよ！たしかに食の細いメイコと比べたら私の胃袋は三倍くらいの容量があるけれども！肉買いすぎたなら冷凍しとけばいいじゃん！


この一件があって、私はメイコに対して完全に心を閉ざしてしまった。LINEが来れば返信はする。本の感想をSNSに上げてくれればお礼を言う。出産報告を受ければお祝いを送る。でも、それだけだ。

人と人はわかりあえない、ずっとそう思って生きてきた。それでも、心を許した女友だちとならわかりあえるって、恋愛と違って一度距離が離れても関係は壊れずにずっと続くって思いたかった。私には他にも友達がたくさんいて、趣味も仕事もあって、メイコがいなくたって本は作れて、だからメイコだけに依存してきたわけではないはずなのに、それなのに、悲しくてたまらない。

この出来事がきっかけで、私は、人生をともにするパートナーがほしい、自分にとって絶対の存在がほしいと切実に考えるようになったような気がする。

私たちふたりをよく知る共通の友人に、私がこの顛末を説明して「メイコのことが無理になっちゃった」と告げたとき、その友人は言った。

「君たちの関係は、大人の友情っていうより、なんていうか中高生の恋愛みたいだったよね。急速に仲良くなって、お互いにお互いしかいないって思える蜜月があって、些細なきっかけで仲違いして別れてさ」

私は息を呑んだ。それは、私のこれまでの恋愛と、というか人生におけるあらゆる事象と同じパターンの展開だった。相手とわかりあえると思っていないから、うまく喧嘩や話し合いができない。一度その人のことが無理だと思うと、それ以上向き合おうとしないですぐ離れてしまう。勢いと直感だけで恋に落ちて、猛烈に依存して、相手を思い通りにしたくて、それができないと勝手に絶望して自分から距離を置く。それは、私がこれまでの人生で、恋人や、結婚生活や、夢中で取り組んでいたはずの仕事に見切りをつけたときの流れと完全に一致していた。一生大事にしたいと思っていた特別な女友だちに対しても、同じことをやっていたなんて。

私が悲しいのは、まぎれもなく、私のせいだった。

Everything ok for you

世界につなぎとめられていない、と感じるようになった。

勝ち負けのある世界で勝ちを目指して必死にがんばっていた頃は、あるいは仕事に打ち込んで生活の全てを懸けていた頃は、そんなふうには思わなかったのに。

慌ただしくしている仕事中、楽しかった飲み会の帰り道、ベッドにもぐりこんで眠りの糸口をつかもうとしている瞬間にも、世界につなぎとめられていない、という考えがふと頭に浮かんでくる。すると心臓のあたりに濡れた脱脂綿がはりついているような、じわじわとした嫌な感じに囚われる。

学生時代に夢中になって読んだ『ハチミツとクローバー』を最近読み返したら、主要登場人物である美大生たちではなく、彼らの大学の先生である花本修司にばかり自分が共感するようになっていることに驚いた。真山という男に長い片想いをしている山田あゆみから「先生もさ…さみしくなったりしますか？」と問われた花本先生はこう答える。

ん？　さみしいよ
でもただそれだけの話だよ
こう　波みたいにガーーッときて　かと思ったらすーーっとひいて
それがずっと繰り返し続くだけさ
時々　大波が来て心臓がねじ切れそーになってのたうったり
叫びだしたくなりそーな夜とかが周期的にやって来たりするけどね
（羽海野チカ『ハチミツとクローバー⑦』）

「ただそれだけ」「それがずっと繰り返し続くだけ」と花本先生は言うけれど、「それ」が死ぬまでずっと繰り返し続いていくということを、私はまだ覚悟して受け入れられないでいる。

春先に彼氏と別れてからの半年間、私の生活はとても充実していたと思う。和装の着付けを練習し始め、着物で出かける楽しみができた。読書会やイベントに参加したり、旅行のついでに地方の個人経営の書店に顔を出したり。飲み会の予定も増えた。商業出版の話が決まって、会う人会う人に「楽しみにしています」と声をかけてもらってありがたかった。コロナ禍に突入してからぎゅっと小さくまとまっていた自分の世界が、ぐんぐん広がっていくような感覚があった。

この時期に初めて会ったり仲良くなったりした人には、おそらく私はとても明るく社交的な人間に見えていたのではないかと思う。でも、もともと人見知りで、ひとりで過ごす時間がないと息が詰まってしまう。大学時代は、同じ必修の授業を受けている友人たちがみんなで教室で昼食を食べるときに、予定があると偽って離脱していた。そして、大学図書館入り口脇のベンチに座ってひとりでパンをかじっていた。そのことを知っている当時からの友人には、「なんか最近、無理してるんじゃない？」と今の生活を心配される。

無理をしているつもりはなかったけれど、人と会いに出かけていくと、酔って記憶をなくすか、笑顔で話し続けた反動で帰宅してからぐったり疲れ果てて動けなくなるかのどちらかだった。それならばと、ひとりで飲みに行ったり好きな喫茶店で過ごしても、なぜかずっと人の目が気になってそわそわと居心地の悪さを感じることが多くなった。お気に入りのサウナに行ってもうまくととのえない。これまでと同じように文章を書くことにも、だんだん苦痛を感じるようになってきた。

充実した毎日を過ごしているはずなのに、私はこの世界につなぎとめられていない、と感じる頻度は増えていく一方だった。ぼろぼろの木造で下が丸見えの吊り橋の真ん中や、切り立った崖のてっぺんに、自分が命綱も何もなしにぽつんと立ちつくしているような、そんな光景がずっと頭に浮かんでいた。その場所では真夏なのに冷たい風が吹いている。いつバランスを崩して谷底に落ちても不思議がない。頭を抱えてしゃがみこんでしまいたいけれど、そうしたらきっと、二度と立ち上がれない。

さみしくて仕方がなくて、でもそのさみしさを紛らわすように人と会い続ける生活からは離れたくて、さみしさを思い知るためにちゃんとひとりになりたくて、衝動的に八月第一週の台北行きの航空券をとった。ひとりで海外に行って、言語の壁や異文化や、見たこともない景色に対峙していたら、世界につなぎとめられていないような気がする、なんていう漠然とした不安も感じる間がないのではないかと思った。

結論からいうと、ひとりで訪れた台湾で、私は全然ひとりじゃなかった。

不安になることも困ることも一切なかった。英語も中国語もわからず、ガイドブックやメニューを指さしたりスマホのメモを見せるだけの私に対して、みんなおそろしいほどに親切だった。飛行機が桃園国際空港に到着し、私が頭上の荷物入れに入れた自分の荷物に手を伸ばすと、台湾人の背の高いお兄さんがそれを当たり前のように取り出して渡してくれた。MRTの駅員は一日乗車券の買い方を丁寧に教えてくれた。バイクがぎっしりと並ぶ歩道でビールケースに腰かけて夕涼みしていたおじさんは、大きなキャリーケースを引いて歩く私を認めた瞬間に、さっとビールケースごと場所を空けてくれた。チェックインしたホテルのフロントのお姉さんは、ホテルの利用案内をわざわざPCでGoogle翻訳にかけて説明してくれ、宿泊中に何度も〈Everything ok for you?〉〈The room ok?〉とLINEで連絡をくれた。

縁結びで有名な霞海城隍廟に行けば、日本語ができるスタッフが飛んできて参拝の手順を説明してくれた。行天宮では、各神様の前に人々がひざをついて祈りを捧げるための台があって、その台で祈る人々を私がじっと見ていたら、近くにいた女性が頭を三度床につける礼拝の方法を実際にゆっくりやって見せてくれた。龍山寺では、一般客らしき現地の女性が、献花台のような大きなテーブルに供えられていた花や食品の中から、ひとつの乾麺を手に取って私に渡してきた。海外でよくある押し売りかと思ってびっくりして断ってしまったのだけれど、あとから調べて、台湾では自分が寺社に持ってきたお供えものは自分で持ち帰るのが主流らしいと知った。あの人は、自分が持ってきたお供えものを、私に分けてくれようとしたのかもしれない。

玄ちゃんという、かつて大阪の西成に住んでいたという日本語ぺらぺらのツアーガイドが案内してくれた九份も印象に残っている。阿妹茶樓では、同じツアーに参加していた日本人観光客一〇名ほどで一緒にテーブルを囲んで台湾茶を飲んで、家族旅行みたいだった。

台北宿泊の最後の夜、中山駅近くのカフェバー、61NOTEに向かった。歌薫というすてきな名前のクラフトビールを注文して、それを飲みながら、日本から持参した太田明日香『言葉の地層』を開いた。

気持ちも同じで、いつまでも言葉の鎧をまとったままだと、自分の気持ちと結びつかない言葉を使っていても気づかないで平気になってしまうのかもしれません。思ってないことばかり言っていると、ほんとの自分の気持ちじゃない声を自分の中に取り込んでしまうことになるのではないでしょうか。そんな話し方をしているうちにいつの間にか、自分の気持ちだってわからなくなってしまいそうです。ところがここでは言葉がロクに通じないので、いつのまにかそんな言葉の鎧は自然と脱いでいたのでした。

（太田明日香『言葉の地層』）

日本での最近の私は、ずっと相手の顔色をうかがって言葉を選んでいたような気がする。人と会っていても、文章を書いていても、方々に気を遣って、これは言っていいのか、これは書いていいのかと考えることばかり増えていた。そうして人と会うことにも書くことにも疲弊していった。

台湾に来てからは、中国語も英語も話せない私には自分の意思を伝える術がないからとじっと押し黙っていた。〈Everything ok for you?〉と訊かれても〈ok〉と返すしかなかった。きっと大丈夫じゃないことが何かしらあったのに。私は、言葉が通じる場所にいても言葉が通じない場所に来ても鎧をかぶっていたんだなあと、この本を読んで初めて自覚した。それでも、そんな私に対して、台湾で出会った人たちは何か困っていないか不安を感じていないかといつも気にかけて手を差し伸べてくれていた。三泊四日の間、世界につなぎとめられていないという不安を感じることは一度もなかった。

宿泊していたホテルのチェックアウトのとき、フロントにいつもいたお姉さんに「再見！」と言ったら、ぽんっと私の背中を押してくれた。そのとき感じたたしかなてのひらの熱を思い出す。

桃園国際空港を出発して、成田空港に到着したのは土曜の夜七時過ぎだった。税関を抜け、迎えに来てくれた友人T氏と合流し、コンビニで酒を買い込んでから成田エクスプレスに乗り込んだ。車両一番前の席に陣取って、帰国後初の酒盛りを始めた。すると、通路を挟んで隣の席に座っていた女性が、検札に来た乗務員に何事か訴えて座席を替えてもらっていた。あれ、私たち、そんなにうるさかったかな、と不安になって、通路側に座っていたT氏に小声で尋ねる。どうやらその人は、荷物置き場のキャリーケースが動く度に自動ドアが開閉するのが気になるという理由で移動したらしい。

私たちのせいではなかったのか、とほっと胸を撫でおろすと同時に、そんなふうに自分が人にどう思われているかを気にするのがとても久々だったことに気づいた。台湾旅行中は、そんなことをまったく気にせずに過ごしていたのだった。

これまでの人生で、「あなたには私の気持ちがわからない」と言われることが多くあった。「人にどう思われてるか気にしないよね」「マイペースだよね」と評されることも度々あった。「あんなに嫌われてるのによく平然と学校来られるね、私だったら無理」「あの人、仕事やめちゃうんじゃないかと思った」と聞こえよがしにささやかれたこともある。みんなにそう思われるのだから、私は人の気持ちのわからない鈍い人間なんだろうと思っていた。

「あなたには私の気持ちがわからない」と言われることはあっても、自分が人に対してそう思うことはない。つい最近までそう思いこんでいたけれど、きっとそうではなかった。その感情を口にしてしまっても相手に自分を受け入れてもらえると思っていないから、言わずに押し込めていただけなのではないか。この人にはわかってもらえないなと思うと、自分から距離を置いていた。人と人はわかりあえないと思っていたら傷つかなくてすむから、あらかじめ予防線をはっていたのではないか。

わかりあえないまま、心を閉ざしたり距離を置いたりして、そのまま二度と会えなくなってしまった人たちがいる。

二〇代前半の頃付き合っていた人と、私が他の人を好きになったことが原因で、一晩かけて別れ話をすることになった。別れたらもう生きている意味がないと言うその人に、私は「死なないで」と繰り返し伝えた。その人はそのときは「わかった」と言ったけれど、夜が明けてさようならをしたその数時間後に中央線に飛び込んで死んでしまった。私はその瞬間を見てはいない。けれど、それ以来、ホームドアのない駅のプラットホームでは列の先頭に立つことができなくなった。

結婚していた頃、父方の祖父が「おめでたの報告、楽しみに待ってます！」とメールしてきたこと、弟夫婦とその子どもの前で私に「見てると子どもほしくなるんじゃない？」と言ってきたことを、私はどうしても許せなかった。けれど、それが嫌だと祖父に伝えることは最初からあきらめていた。酒が入ると旧弊な価値観に基づく持論をぶちまけて、「おじいちゃんの言うことは間違ってるか?」と繰り返す祖父に、私はいつも、「ううん、おじいちゃんが正しいよ」と投げやりに答えるだけだった。祖父はコロナ禍に施設に入って、私は一度も面会ができないまま亡くなってしまった。

初めて私のサインがほしいと言ってくれた読者のことを、自著にサインを書く度に思い出す。生まれて初めて作った個人の同人誌に、その人の名前と自分のペンネーム、そして「新しい海へ」という言葉を書いてその人に贈った。イベントでその人と何度か会って、Twitter(現・X)のDMで映画や本の話をしたり、本の感想をもらったりするうち、その人が末期がんで余命幾ばくかだということを聞いた。

その人から「一から一〇までの数字で表すと、僕に対する気持ちはどのくらい?」とDMが来たときは驚いた。なぜそんなことを訊くのかと問うと、「ごめんね、僕にはもう時間がないから」「病院の問診で、いつも痛みの度合いが一〇段階でいくつか訊かれるから」と返事が来た。私はそのとき、自分の感情を数値で表すことは私にはできない、というようなことを答えたのだったと思う。それを機に、その人から自身の病状を訴えたり「添い寝してほしい」などのメッセージが届くようになった。その人に寄り添いたい気持ちはあったけれど、やりとりを続けることが苦痛になった。DMは、社交辞令的な返事しかできなくなり、すると向こうからの連絡も頻度が減っていった。DMは、春の文学フリマの直前に、「行きたいけれど、今ちょっとだけ具合が悪いからごめんね」と送られてきたのが最後だった。こちらに気を遣わせまいと「ちょっとだけ具合が悪い」と言ってくれたのかもしれないし、そうではないかもしれない。確かめることはできなかった。

数年後、インターネットでその人の名前と職業で検索をかけて、最後のＤＭのやりとりから半年後にその人が亡くなっていたことを知った。涙を流す資格は私にはないと思った。

人と人はわかりあえない、と思う反面、私は好きな本を読んでいるときには安直に、ああ、わかるわかる、と共感してしまう。すぐに、私の気持ちを言い当ててくれている、と感じてしまう。

雨宮まみ『女子をこじらせて』を初めて読んだときには、私が感じていた自身の外面内面のコンプレックスを、片っ端から言葉で解きほぐしてくれているように感じた。

私は、人生において自分のコンプレックスが原因で、人を取り返しがつかないほどひどく傷つけたことが何度もある。それをなかったことにしたかったし、人に知られたくなかったし、できるだけ思い出さずに過ごしたいと思っていた。けれど雨宮まみは、きっとなかったことにしたいに違いないであろうつらい体験や醜い感情も、その本でありのままさらけ出していた。その文章はどこまでも優しく、温かく、読者である私にそっと寄り添ってくれた。私もこんな文章を書きたいと切に思った。

どうして、私の気持ちに寄り添ってくれる作家はみんな早く死んでしまうんだろう。わかりあえなくても、わかった気になっても、どのみち人はみんな死んでしまう。


世界につなぎとめられていないという気持ちが、大波のように、突風のように次から次へと襲ってくる。三五年生きてきて、今が一番、生きていくのがこわい。

久しぶりに彼氏ができて、その人とすぐにだめになったから、そんな思いに囚われるようになったのかとも考えた。けれど、理由はそれだけではないという気がする。

好きな作家やアーティストが次々亡くなる。

無条件に私を愛してくれた人も、私より先にこの世を去る。

大好きだった喫茶店や飲み屋が閉店したことをいまだに受け入れられない。

不安を分け合いながら共に生きられるパートナーが、ほしいけれど見つからない。

ずっと親しくしていた友達とは、お互いの価値観が変わって会えなくなってしまった。

こんなさみしさが、これからきっとずっと増幅していく一方なんだろうと思うと、やりきれなくて叫びだしたくなる。

台湾旅行を終え、四日ぶりに自宅に帰った。スーツケースを玄関に転がしたまま自分だけが家に上がる。出国前に慌てて片づけた、けれど相変わらず雑然としている部屋が私を迎えた。冷房が効いてくる。ほろ酔いの頬をリビングの白い床につけて寝転がる。すると部屋の中に、この世にいない人たちの気配をいつもよりも色濃く感じた。ベッド下の桐箱に眠る祖母の大島紬や江戸小紋、ソファにかかった大叔母の手製の向日葵柄のレース編み、ターコイズブルーの陶器の花瓶やお気に入りのポストカードと一緒に、イーゼルに立てて飾ってある雨宮まみの本。それらはいつだってこの部屋の中に存在していて、ときに破れかぶれでどうしようもない私の生活を見守ってくれていたのだ。私がいつも余裕がなくて部屋も散らかしているから、気づけずにいただけで。部屋だけでない。三五年間人生を共にしてきたこのゆるんだ身体にだって、気づけば不安や恐れ以外にもたくさんの記憶が、大好きなものたちがまとわりついていた。全てを振り切ってこの身を投げ出すことなんか到底できないくらい、びっちりと。床に横たえた身体がずっしり重いのは、旅の疲労と酒のせいだけではなかった。

人の気持ちは、相変わらずわからないままだ。
世界につなぎとめられていないという不安は、きっと、年々大きくなる。
気づけばいつも、いなくなった人のこと、失ったもののことばかり考えている。

書くことに苦痛を感じるようになってから、人生で、たった一冊、自分の本が商業出版で世に出るなら、もう私はどうなってもいいと思いそうになっていた。その夢がかなうなら、その後何も書けなくなって、生きる希望や目的を見失って、世界から完全に切り離されてしまってもそれでかまわないと思おうとしていた。かつて勝負の世界にいた私が、自分のほしいものを手に入れるためには何を犠牲にしてもかまわないと思っていたように。

でも、そう思いきれなかった。そんなふうにきっぱりとは割り切れなかった。

この世界に、大切なものが山のようにあった。

私はまだ、プラットホームの白線の内側にとどまり続けたい。白線の向こうから呼ばれているような気がするときもある。けれど、ごめんなさい。まだ、そっちには行けない。

私は臆病だ。ホームドアのない駅のホームの先頭に立てないくらい、電車が飛び込んでくる瞬間にはぎゅっと目をつむるか視線をそらしていなければいられないくらい臆病だ。壁に張り付いたり、人の後ろに隠れたりしてみっともない。

けれど、みっともないまま、ここでもがいたり、声を絞り出したり、手を伸ばしたりし続けるよ。誰にも届かないかもしれないけれど、どうにか伝えようとしてみるよ。

人の気持ちは一生わからないかもしれない。けれど、誰かの言葉に、声にならない声に、耳を傾けようとしてみるよ。

人と一緒に生きることをまだあきらめないよ。

私の人生には、生活には、すぐに朽ち果ててしまう、記憶からこぼれ落ちてしまう、有形無形の大好きで大切なものたちが山のように存在していた。私の人生の主役は、私ではなくきっとそれらで、私はただずっと、それらを見つめて書き残そうとしてきたのだ。どんなに不安で苦しくても、私が書くことをやめるわけにはいかない。

気心知れた友人と、重たいジョッキをかちゃんと合わせて乾杯する瞬間。

九份の空が魔法のような薄紫色に染まって、ぽっぽっと赤い提灯が浮かび上がった光景。

もう二度と食べることはできない、神保町のカフェ・デ・プリマベーラの花畑のような野菜スープ。

「楽しいパーティーを開ける人は幸せであるべきです」というメッセージと一緒に、憧れの先輩が贈ってくれたピンクのカーネーション。

そして、しんどいときに私が心を救われてきた、大好きな本や漫画や音楽の数々。

いなくなってしまった人とのわかりあえなかった記憶も、全部、全部とりかえがきかなくて、私が見て見ぬふりをして、なかったことにしていいものではなかった。

私は自分から、それらを手放したくない。誰に愛されなくても、世界につなぎとめられていなくても。私はまだ、狂おしいほどいとおしく美しいものたちがあちこちに存在する、この世界に立ちつくしていたい。

自己中心的な性格で、誰かのためにがんばることができなかった私でも、書き続けたらこの世に何かを残すことができるだろうか。世界につなぎとめられていないと感じる人のよすがになるような、そんな何かを生み出せるだろうか。

かつて雨宮まみの文章に、私が救われたように。

いつの日かそうあれたらいいと思う。だから、まだここに、とどまらなくてはと思っている。

恋の遺影（Re Edit）

二〇二三年一月一二日（木）

　早い時間からクラフトビールの店で飲み会。二時間半くらいで飲み会が終わったので帰る。

　最近よく連絡をとっていた人から、今から私の最寄り駅に行きたいという内容のメッセージが届いて、私既に酔っ払いだけどなあ、と思いながら了承する。なんとなくこのままの状態でその人に会いたくなくて、顔を洗って化粧を全部落としてやり直し、服も全部着替えてから出かけた。

　行こうとしていた店が混んでいて、結局私がいつも行くタイ料理屋に案内する。仲良しの店員さんに、「新しいお友達なの！」と紹介する。多分そのときの私はとてもうれしそうにしていたと思う。

　生春巻きやらアボカドサラダやらを食べて、生ビールを飲んで赤ワインのボトルを頼む。話し込んでいて気づいたら閉店時間を過ぎていたので、店員さんに謝って店を出る。

　帰り道で、その人に「付き合ってください」と言われてめちゃくちゃ驚く。さっき飲んでいたときも全然そんな雰囲気じゃなかったし、私の日記や著作を読んでいて私の節操のなさや性格の悪さやだらしなさやまあその他諸々を知っている人が、私を恋愛的な意味で好きになってくれることがあると思わなかった。でも私もこの人と付き合えたらいいなあと思っていたので付き合うことにする。というわけで一〇億年ぶりに彼氏ができました！　彼は今週末の私の文学フリマ京都遠征も一緒に来ると言う。びっくり展開だ。

もし彼氏ができたら、多分ｎｏｔｅの日記を書くのはやめるのかなと自分では思っていた。あれこれ書いて相手に嫌な思いをさせるのも嫌だし。かといって相手を気遣って書きたいことが書けないのも嫌だし。『早稲女×三十歳』という本で元夫のみーくんのことを書いて私は懲りた。

でも、この度彼氏になった人は、自分のことを文章に書いてかまわないと、早乙女ぐりこが自分のことをどんなふうに書くのか知りたいと言う。そんなふうに言ってもらえたのはすごくうれしくて、全部を書くわけではないけれど全部を書かないと決める必要もないのだなと思い直した。

その後も、目黒川沿いを缶ビールを飲みながら散歩したりして楽しかったのだけれど、帰り際に私が変な空気にしてしまって落ち込む。

一月一四日（土）

起床。もう、この度のことを結婚詐欺か宗教勧誘なんじゃないかと疑うのはやめよう、と思う。

仕事を早退して一二時半に品川駅へ。彼氏と品川駅の改札内で合流して、酒とつまみとおにぎりを買って新幹線に乗る。彼に「お互い勢いで生きている人だし」と言われて、なるほどたしかにそうだな、と思う。私が勢いで生きていなければ、今ここにこの人と一緒にいないでしょう。

新幹線で飲むビールはうまい。ひかりなので馴染みのない駅にいろいろ停車して楽しい。

「謝られるのあんまり好きじゃない」と言われてから意識してみたら、私は男の人といるときに、些細なことでしょっちゅう謝っているらしいことに気づいた。

京都に着いて地下鉄で烏丸御池へ。ファミマのネットプリントで明日の看板等々を印刷してからホテルモントレ京都にチェックイン。部屋に荷物を置いてから出かける。知らない街を歩くのは楽しい。大通り沿いはビルが立ち並んでいてオフィス街という感じだったのに、路地を一本入ると古い建物が多くてその急な変化にくらくらする。

酒呑気びんごへ。一時間半くらいならいられると言われて、二階に通された。行きの新幹線でジュディマリの話をしていたら、店のBGMで流れていて軽率に運命を感じる。

黒と朱の二色の筆書きのメニューがとてもかわいい。そしてどのメニューもとてもおいしそうだ。生ビールとゴマ味噌鰤が運ばれてくる。鰤のお刺身を味噌と合わせるなんて考えたこともなかったけれど、ゴマの風味のある味噌だれが臭みを消していてとてもよかった。旅先でよい店を見つけておいしいものを食べられるとものすごく幸せを感じる。

次に運ばれてきたのは手羽先の一夜干しだった。手羽先を一夜干しにしてみようと最初に考えた人に理由を問いただしたい。ぱりっぱりで味が凝縮されていて、これまた一気にビールが進んだ。宝焼酎のボトルを頼み、私はジンジャーエールで割って飲んだ。一人で飲むときは滅多に焼酎を頼まないので新鮮だった。

何しに京都に来たかすっかり忘れかけているけれど、明日が文フリ本番!!

一月一五日（日）

朝風呂に入って化粧して、『東京一人酒日記』の表紙写真と同じポール・スミスのワンピースを着る。ビュッフェ会場で朝食を食べて、彼氏と別行動で文フリへ出発する。烏丸御池の駅から東西線に乗るはずが私はなぜか烏丸線を待っていて、一〇分くらいロスしてしまった。しかし無事に会場のみやこめっせに着いたので安心。

文学フリマ京都は、最初から最後までとても居心地がいい空間だった。

お隣のブースの藤沢チヒロさんが、『ポッケ』という酒と食のアンソロジーを作っていらっしゃる方で、たくさんお話できてうれしかった。

一二時過ぎに彼氏が来てくれたので、私はゆっくり会場を回ることにした。最近の文フリ東京は出店ブースも来場者数も多くてとにかく人疲れしてしまうので、事前にチェックしていた本以外をなかなか買えずにいたのだが、今日は知らなかった本をたくさん手に取って、作り手の方ともゆっくりお話ができてすごく楽しかった。

少し早めに撤収する。彼氏と夕暮れ時の鴨川を散歩しつつ河原町まで歩いていった。浅沼シオリさんがおすすめしてくれた京極スタンドに入り、ホルモン焼きと生ビールで乾杯する。相席になった気のいいおじさんたちと喋ったりして楽しかった。「ふたりはお似合いだよ。絶対離しちゃいかんよ」と繰り返し言われて気をよくする。

そして東京に帰ってきた。家で倒れるように寝た。

一月一六日（月）

九時頃起きる。でも起き上がろうとするとひどい眩暈がしてベッドに倒れ込む、というのを何回も繰り返した。頭を少し動かしただけでもぐらぐらと世界が回る。そして胃がにぎりつぶされているような、うえっと吐き出したくなるような感覚。

一二時にT氏と私の最寄り駅で待ち合わせていた。駅直結の適当なカフェに入って、「彼氏ができたからもう会わない」と告げる。案の定泣かれる。「もっと一緒にいたかった」と言われ、「私と付き合う気も結婚する気もなかったくせに、なんで私がずっと一緒にいるのが当たり前だと思ったの」と言ってしまった。付き合ってなくても五年近く親しくしていればまあそれなりに情もわくし名残り惜しい気分になる……かと思ったら全然そうならない自分に驚いた。淡々と任務完了。

というわけでこのｎｏｔｅ日記にT氏が出てくることはもう二度とありません。T氏、長らくの登板おつかれさまでした。今までありがとう。

帰宅して、溜めこんでいた日記を書く。誰と付き合っても誰と別れても私は私だけど、すでに自分の生活スタイルや考え方にもいろんな大きな変化が生じているし、文章の書き方や書く内容もこれから少しずつ変わっていくのだろうと思う。どこに流れ着くのかわからないけれど、そこに至るまでの自分自身の変化を楽しんでいけたらいいなと思う。ネタにして面白がるのではなくて楽しむ。「彼氏できたら書くものがつまんなくなった」って言われるかな。逆に言われてみたい気もするな。

一月一七日（火）

仕事中、立ちっぱなしだとふらふらするので惰性でゆっくり働く。合間にちょっとしたパーティーの連絡などをする。

二一時頃に仕事終わりの彼氏が来てくれて、うちのそばの私がよく行く沖縄料理屋へ。私が好きで毎回頼む肉餃子と、私がこれまで頼んだことのない島らっきょうがテーブルの上に並ぶのを見て、新しく人と付き合うってそういうことだよなあと思う。

彼氏の一人称が書き言葉と話し言葉で違うのが付き合う前から気になっていたので、理由を聞いてみる。私は自分の一人称を「あたし」とか「わたし」とかにしたら自分の言葉遣いや文体が全部変わってしまう気がするので、使い分けられるのがすごいなと思う。と、ここまで書いてみて、自分がそう遠くない過去にある男の前でだけ一人称を自分の名前にしていたことを思い出した。

普段通らない高架下を通って帰る。俺のどこが好きなの、と訊かれて答えたけれど、うまく応えられていただろうか。

一月一九日(木)

昨晩酔っぱらって書いたらしい「一〇〇くれないなら全部いらない」というメモがスマホに残っておりぞっとする。落ちつけよ私。なにがどうしたっていうんだ。今からこんなんじゃ、すぐに全部だめにしてしまうんじゃないかと思ってこわくなる。

夕方退勤して池袋へ。プレゼントでもらってよかったヘアオイルと同じ香りのロールオンタイプの香水を買う。会う人が変わると纏う香りを変えたくなる。髪型や服装は絶対に相手に合わせて変えたりしたくないくせにな。

美容院へ。担当のMさんに彼氏ができたよと言ったら、いえーいと文字通り踊りながら喜んでくれた。早乙女さんが幸せだと私も幸せと言う。私は幸せでいようと思う。

夕飯になすとまいたけを酒蒸しして食べる。彼氏と電話。勝手に不安になって落ち込むのはやめろ(意訳)と言われる。まったくもってその通りすぎる。

一月二一日（土）

退勤して予約していた下北沢のfuzkueへ。年が明けてから本を読む時間がまったく取れていなくて、これはfuzkueに行くしかないという気持ちになっていたのだった。スマホを機内モードにして、キーマカレーとハーブティーをもらって読書に没頭する。宮崎智之『モヤモヤの日々』、トモモ舎／トム子『ひとりでチェコにいったこと』を読んだ。三時間半ひたすら本を読んで店を出たら外が真っ暗だった。fuzkueもサウナも映画館も、スマホから意識を引きはがせるから好きだ。

下北沢の駅で彼氏と合流し、海鮮のおいしい居酒屋で飲む。カウンターの角をはさんでひらがなのくの字に腰かける。顔より大きそうなアジフライは舌を火傷しそうなほど熱々で、小骨の存在感まで含めて最高すぎてにこにこしてしまう。大粒の生ガキも刺身もおいしかった。

隣の席に座っていた男女の女の子の方が彼氏の知り合いだったらしく、東京が狭いのか彼氏の顔が広いのか。

一月二三日（月）

明け方目覚め、風呂に入って二度寝。記憶にない昨晩の通話履歴を見て青ざめる。一体二〇分も何を話していたのだ?完全にやらかしている気しかしない。

京急川崎駅で母と合流して川崎大師へ。毎年一月恒例のお祓い護摩行。私のお願い事は今年も災厄消除です。本殿に上がってお坊さんのありがたいお話を聞きながら儀式が始まるのを待つ。いざ始まると、お経のシンガロングと勢いよく燃え上がる炎にテンションがぶち上がる。火の粉がゆらゆらと金色の蓮に舞いかかるのをうっとりと眺めるのも毎年恒例だ。

母と一緒に横浜駅に移動して、そごう一〇階のレストランフロアのシーガーディアンⅢでアフタヌーンティーをした。ずっしりしたクッキーのような食感のスコーンと、焼き立てのキッシュがとてもおいしかった。

母と別れ、みなとみらい駅で本日仕事休みの彼氏と合流。ランドマークタワー六九階の展望台に上ることに。生ビールと横浜あられの引換券がセットになった入場券を買ってエレベーターに乗り込む。入場券売り場もエレベーターの中も海のようなゴキゲンなブルー。

展望台に到着すると、天気が曇りなので海と空の境目がわからず、全てが靄がかっていて、概念としてのロンドンの街みたいだった。遠くに見える船の影が空に浮いているように見えた。

引換券で手に入れた生ビールを片手に、窓際のソファに座る。日没が近づいて、橋や高速道路や遊園地やオフィスビルや家並みの明かりがひとつひとつ増えていくのをじっと眺めていた。私は方向音痴なので、お互いの自宅がどの方角か訊いて指差して教えてもらう。夜景が少しずつ完成形に近づいていくのを見守る時間がとても好きで、ずっとそうしていたいと思う。瓶ビールを追加してしばらくソファに座っていた。

エレベーターでタワーを降りてから野毛の飲み屋街に向かう。看板のおいしそうなメニューにひかれて新京という店に入る。

お通しにれんこんの煮物が出てきて、生ビールはアサヒで、その時点でもうこの店大好き。彼氏は居酒屋の注文が上手だ。料理同士のバランスを考えながら酒に合うおいしいものを少しずつ頼んでくれる。鯨の刺身も牛スジつくねも穴子の白焼きもとてもおいしかった。一昨日は日本酒を飲んだので今日は焼酎にする。私は芋。

桜木町駅で彼氏と別れて京浜東北線に乗り込む。昼間の甘いもの尽くしが響いているのか、胃がひっくり返るような吐き気に襲われ、ふらふらで帰宅した。身体は冷えていたけれど、湯船に浸からずにシャワーだけ浴びてベッドにもぐりこんだ。やっぱり世界がぐるんぐるん回っている。

一月二六日（木）

押上に出張。夕方仕事を終えた後、彼氏と待ち合わせてすみだ水族館に行った。クラゲの種類が豊富で、みんな違ってみんないい。私はどうやらひらひらと尾ひれが長くていろんな色が入っている魚やクラゲが好きみたいだ。ペンギンエリアでは、時折何羽ものペンギンが虚空の同じ方角をぼうっと見つめているタイムがあって、そっちに一体何があるというのですか？という気持ちになった。

外に出るとすっかり日が暮れていた。麓から見上げるスカイツリーは、近すぎて全体のフォルムも大きさもかえってよくわからない。七色に光るスカイツリーを背景に写真を撮られる。

押上駅で彼氏が黒糖の飴を渡してくれる。さらに私が飴を包み紙から出して口に入れると、ゴミをひょいと受け取ってくれた。

魚を見ていたら刺身が食べたくなっちゃいましたねえ、と言い合って魚金に行った。刺身の玉手箱と釜めしがおいしかった。ベースを選べるレモンサワーでジンを選んだ。

「これは私の（俺の）取説なんだけど」という切り出しで自分のことを話すのが一瞬流行る。

眩暈がして視界がぐらぐら揺れているときに物理的に頭を固定されると早く落ち着くことがわかった。

一月二十七日（金）

昨日出会った「やさしく生きたい」という言葉について考えている。私は、他人を自分の思い通りにしたいという欲望で関係をぶち壊したくない。自分は型にはめられるのが死ぬほど嫌いなのに人を型にはめようとしたくない。でも気を抜くとすぐにそういう欲望に呑み込まれそうになってしまう。

一日一〇〇回、自分に言い聞かせる。支配欲を愛情と履き違えない。理解できないことも一旦受け入れられるように。全部否定して取り返しがつかないほど傷つけてしまわないように。

早めに仕事を切り上げて帰宅した。部屋の掃除をしようとしていたのだけれど、飲まずにいられない気持ちだったので一九時過ぎに出かける。泡盛を飲みたかったけれど近所の沖縄居酒屋は三線ライブをやっていたので入るのを断念。結局いつものタイ料理屋に向かうことに。この店に来るのは彼氏と付き合うことになった日以来。あれ、まだ二週間しか経っていないのか。

仲良しの店員さんに「今日はひとり？」と訊かれて、「うん、ひとり」と答えながら奥の席に座る。運ばれてきたメニューをわくわくと開く。恋人ができても変わらず、一人飲みが自分を満たす愉しみとしてあったことに心底ほっとする。

生ビールと生春巻きSサイズとパッウンセンを頼んだ。パッウンセンは春雨と野菜と海鮮をオイスターソースとナンプラーで炒めたおかず。私の好物。

平日は会わない方がいいかもしれない、と彼氏からLINEが来る。いろんな事情を考えると私もその通りだと思う。でも、きゅっと距離を詰めてきてぱっと離れていくんだなあと思って悲しくなる。私が私の家で一緒に住むという選択肢を考えられないのが悪い、と思いそうになるけれど誰が悪いわけでもないのはわかってはいる。感情のやり場がない。

一月二九日（日）

彼氏と一緒に神保町へ。彼氏が用事をすませる間、私は眞踏珈琲店で読書することにした。二階が満席でカウンターに案内される。琥珀ブレンドとルッコラの海に溺れるクロックムッシュを頼み、読むのを楽しみにしていた『シティガール未満』（絶対に終電を逃さない女）を開いた。連載時に、高円寺純情商店街で、著者と男の子が、今降っているのが雪か雨か議論になる回がとても好きで印象に残っていたのだけれど、紙の書籍で読むとより一層よかった。

久々にこの店のクロックムッシュを食べた。ルッコラとクロックムッシュの下に切ったオレンジが隠れているのだけど、私はいつもそのことを忘れていて、オレンジの姿を発見したとき毎回新鮮にうれしい。オレンジの甘味がほんのりルッコラやパンに移るのもいい。

眞踏珈琲店を出てからしばらく街をぶらぶらしていたら、用事を終えた彼氏が迎えに来てくれた。日曜の閑散としたオフィス街を歩いて神田まで。日が少し延びた気がする。

肉のハナマサでモツと生ハムを買ってから私の家に向かう。今日はうちでもつ煮を作ってくれるという約束だったのだ。

家に着いて、彼氏がもつをねぎと一緒に茹でこぼしている間に私はリンゴを切って生ハムで巻く。ふぞろいのリンゴたち。

さらに、彼氏がししとうを細かく刻んでクリームチーズと混ぜたのを私が受け取って、それも生ハムで巻いた。私にできる作業は基本的に小学生のお手伝いと変わらない。

彼氏はもつ煮を作りながらタコのカルパッチョの味付けをして、余ったししとうで焼き浸しを作って、その上洗い物もしてくれていたので尊敬の念を覚えた。

もつ煮を煮込んでいる間に、泡が出てくるタイプのスーパードライのロング缶を開けて乾杯する。満を持して登場した赤味噌のもつ煮も甘辛く味がこっくりしていて本当においしい。ビールが進む。生のままのねぎと味噌味のしみた豆腐とぷるぷるのもつと、食感の違う三つをいっぺんに口に運ぶととても幸せな気持ちになる。

ビールが空になった後は泡盛をロックで飲んだ。一緒に『海がきこえる』を観る。

二月一日（水）

早朝出勤の日。夕方退勤。彼氏が家に来て、いろいろと話をする。今日はコーヒーを淹れないし音楽もかけない。

起き上がるときより、横たわったときの方が眩暈がひどい。

二月二日（木）

ほんの束の間、夢を見た。自分の一生にはもう絶対起こらないし起こらなくていいと思っていたことが起こるかもしれないと思って、それは実際に起これぱすごく大変で私はきっと耐えられなくて全てをだめにしてしまうに違いないとよくわかっていたけれど、でもそんな夢を見ている時間はとても幸せで楽しかったな。

二月四日（土）

「あなたより強くなるつもりはないのに」と「誰よりも強くなりたい」の狭間で揺れながら生きて

いる。

と思ったけれど、それだとどっちに転んでもわりと強いな？

二月五日（日）

日記を書いてから就寝。最近はこの日記と並行して、もうひとつ誰にも見せるつもりのない日記を書いている。

二月六日（月）

夕方、彼氏が家に来た。ストロベリーのフレーバーティーを淹れたら部屋がいい匂いになった。

駅前の気になっていた中華屋に夜ごはんを食べに行く。私は無性に餃子が食べたかった（いつも）のだけれど、この店はシュウマイが名物で、餃子はメニューになかった。でもそのシュウマイが、口に入りきらないほど大きくて肉々しくてとてもおいしかった。五目チャーハンも美味で満足！

食べ足りなかったらしい彼氏が、ニューデイズでおにぎりをふたつ買って頬張るのを見届けてから解散した。

二月一〇日（金）

夕方退勤。そして二日連続でヒューマントラストシネマ有楽町へ。観たい映画が渋滞している。今日は『ヒトラーのための虐殺会議』を観る。現実に起きたユダヤ人虐殺の方法についての会議を元にした映画。あくまで課題解決に向けて淡々と話を進めていくのがおそろしい。劇伴もエンドロールのBGMもなかったのは、フィクションではないし過ぎ去った過去の出来事でもないからだろうか。

映画が終わって、彼氏と彼氏の友達カップルとの飲み会に合流した。店は韓国料理屋で、チャプチェとトッポギがおいしくてにこにこしてしまった。彼氏は私とふたりでいるときと全く様子が変わらないのでびっくりした。この日記中の彼氏の呼称に悩んでいたが、〈ペンギン氏〉とすることが決まる。

ペンギン氏とその友だちが、初対面の彼女と私が気を遣って会話しているのを見て「女子同士の上っ面な会話って本当にキモいよな」「やっぱりホモソのノリが最高だよな」みたいなことを言い合っていて驚く。〈ホモソーシャル〉という概念を知りながら、その言葉を肯定的な文脈で用いる人がいると思わなかった。かつて手元にあったイヴ・K・セジウィック『男同士の絆』を、離婚のときのどたばたで手放してしまったことを激しく後悔した。先日のNHKの「100分de名著」で取り上げられたのをきっかけに増刷されたらしいので、また買い直せばいいのだけれど、それでもやはり、私はあの本を手放すべきでなかったのだと思う。

二月一三日（月）

三越前駅でペンギン氏と合流してコレド室町テラスへ。誠品生活日本橋で本や雑貨を見て、ペンギン氏へのバレンタインのプレゼントを一緒に選んで買った。よい贈りものができて満足。

お返しにと、ペンギン氏から花束をもらった。白い薔薇とかすみ草、リボンのようにひらひらした水色の花の組み合わせがかわいらしい。部屋の雰囲気と花言葉を考えて選んでくれたそうですごくうれしい。

電車の中で、先日の飲み会で私が違和感を覚えたことを伝える。

一度家に荷物を置きに帰った後、うちの近所の沖縄料理屋へ。生ビールで乾杯。雨の一日で、空気が乾燥しているわけでもないのに随分喉が渇いていた。
珍味三種盛りと八重泉古酒のお湯割りの組み合わせが最高すぎた。三種盛りなのにおまけでホタルイカも盛ってくれて四種盛りになっていた。

二月一九日（日）
昨日観た映画『小さき麦の花』のことを考える。あのふたりの愛はやはり鎖のようなものだったのではないかと思う。実直な男は持病のある女のことをとても愛していたと思うけれど、大切にしつつ、縛りつけてもいたのではなかったか。一人で外に出るなと言い、嫌がってもロバの引く荷台に乗せ、屋根の上で眠るときには文字通り自分の身体と女の身体を紐で結びつけて。そして、一人で外に出た女に対する罰のようにあの結末がやってきた。罰せられるのはいつも女だ。そんなふうに思ってしまうのは、愛というものに対する私の見方が穿っているのだろうか。
三田駅でペンギン氏と待ち合わせて、行ってみたかったコーヒー専門店、ダフニへ向かう。店内はBGMがなくて、お湯を沸かしたりコーヒーを注ぐ音だけが美しい音楽のように響いていた。店内は甘い匂いがする。私は店名が冠されたブレンドを頼んだ。一口飲んでみて驚いた。これまで飲んだどんなコーヒーとも違う。まろやかで引っかかるところが全然なくていくらでも飲めてしまいそう。ペンギン氏に、頭の中でものを考えるときに浮かぶ文字列のフォントは何かと問われる。フォントも何も、私はそもそも文字で思考していないな、と思う。ただ、自分の声が頭の中に響いている。いつも、すぐに消えてしまうその声を記憶に留めて文字に起こさなければと思っている。

続いて、レストランカフェ、グレースへ。ランチには定食メニューも酒もあってつまみメニューも充実していて、昔ながらの学生街の喫茶店兼定食屋という感じ。定食のポークジンジャーとおろしハンバーグベーコンエッグのせを頼み、あとは生ジョッキもふたつ。昼間のビール最高。ポークジンジャーが甘くて酒に合って最高においしかった。

ふわふわ歩き、カラオケで二時間過ごした。その後、田町駅前のTSUTAYAのシェアラウンジへ。親子連れがけっこういて、連れてこられている子供たちが、駄菓子やドリンクバーに目もくれず漢字ドリルや計算プリントをやっているのでびびる。その横で酒を飲みながらUNOをする私たち！

日が長くなった。一七時半頃シェアラウンジを出ても、まだ外は明るかった。途中のスーパーで缶ビールを買って、ふらふら白金高輪方面に向かって散歩する。スーパーを出たら急に辺りが真っ暗になっていて驚いた。ペンギン氏はよなよなエール、私はアサヒのロング缶を持って歩道橋に上がった。

階段を上がり切って歩道橋の中心まで来たら、鏡面仕立てになった近くのビルの側面に東京タワーが映っているのが見えたので、私はくるくる回って東京タワーの本物を探した。チュールスカートの裾が広がって揺れる。

発見した東京タワーはビル街の向こうに小さく隠れていて上半分しか見えなかった。その東京タワーを眺めながら歩道橋の欄干にもたれて、ふたりで缶ビールを飲んだ。

ふと隣を見るとペンギン氏が静かに涙を流していた。びびって頭をなでたら、頭をなでられるのはあまり好きではないと言われ、何かしてほしいことはあるかと言ったら何もないと言われたので、もう何もせず黙ってビールを飲むことにした。

歩道橋の上から見て、向かって右側の車道を走る車のヘッドライトは白や黄色の星のように光って、群れて、流星群のように見える。流星は全て東京タワーの麓で生みだされて私たちの方に向かってくる。私たちの足元を抜けて視界から消える。流星は次から次に絶え間なくやってくるから、私は振り返ってその行方を見届けたりはしない。向かって左側の車道を走る、私たちから遠ざかっていく車のテールライトは味気ない危険信号のような真っ赤で全く魅力的でなかった。どこにでも行ってしまえと思う。

私たちの視界右手の豪奢な洋館風の建物には幸福の科学HAPPY SCIENCEの文字が躍り、左手の商業施設の上にはQUEEN'S ISETANの看板がでかでかと掲げられていた。人の心の隙間を埋める新興宗教施設とハイソな欲望を満たす高級スーパー、そしてすまし顔で赤とオレンジ色の光を放つこの都市の象徴としての東京タワー。

私は、東京という街の夜景もそのシンボルとしての東京タワーも、なんならクイーンズ伊勢丹もめちゃくちゃに愛していた。そんな自分の俗っぽさが嫌になる。けれどそういうふうにしか生きられない。

泣いているペンギン氏の隣でそんなことをつらつら考えていた。そんな声が、流れ星のように頭の中を流れていくのを、私は必死に記憶に留めようとしていた。

泣きやんだペンギン氏に、「ぐりこちゃんはきっと日記のネタになりそうなことを考えているんだろうなあと思っていた」と言われ、まったくもってその通りだったので笑った。

帰り道、ふと改まった感じで「なんで結婚したの？」と訊かれた。離婚した理由を訊かれることは今でもちょくちょくあるけれど、ここにきて結婚した理由を訊かれるとは思わなかった。一呼吸おいて、「全てを終わりにしたかったんだよ」という身も蓋もない答えを返してしまった。

家に着いて、買ってきた赤ワインのボトルを開ける。これは何次会になるのだろう？酒が回ったペンギン氏はすぐに子どものように眠ってしまったので、私は、「あなたより強くなるつもりはないのに（酒的な意味で）」と小さな声で歌いながらキッチンカウンターで赤ワインの残りを飲んだ。

二月二〇日（月）

休日だけど七時前に起床。二度寝を試みる。

ペンギン氏と押上の魯肉飯屋さん、貯水葉へ。神保町のお店から移転した後、訪れるのは初だった。店内を飾る美しいシダ植物にも癒された。自然光とスポットライトに照らされて神々しく見える。

私は魯肉飯と週替わりメニューのあいがけを頼んだ。お冷の代わりに運ばれてくるあたたかい烏龍茶がとにかく香りがよくておいしい。そして、キャベツのクミン炒めときのこのラー油和えという大好きな前菜。その後で運ばれてきたメイン料理はお皿に大盛りだった。

細切れの魯肉と角切りの魯肉の合わせ技のおいしさは以前の店舗のときと変わらず、週替わりのラムキーマカレーもラムの柔らかさとスパイスの香りが相まって最高だった。ラムキーマは、魯肉飯の付け合わせの高菜や煮卵との相性もいい。全部混ぜてもおいしくて、その奇跡の組み合わせににこにこしてしまった。

川沿いを散歩しようという話になり、隅田川テラスに向かう。途中で、私がずっと気になって行きたいと思っていた純喫茶マリーナを発見して歓喜する。散歩の後に入ろうと決めて、川べりを散歩した。

テラスの低くなっている部分にはんぺんくらいのサイズの半透明のものが打ち上げられていて、近づいたら絶命したクラゲだった。

ペンギン氏の一眼レフで、写真を撮ったり撮られたりする。自分が作る本の著者近影用の写真を撮ってもらう。

一時間ほど川べりで過ごした後、純喫茶マリーナに立ち寄った。私は白玉のおしること炭火焼コーヒー、ペンギン氏はグレープフルーツゼリーとコーヒーを頼む。船舶の中をイメージさせる内装のすてきな空間でゆったり過ごせてよかった。

ペンギン氏と別れて帰宅し、一時間半ほど爆睡した。起き出して読書をして、風呂で日記を書く。

引っ越して今日でちょうど一年が経った。あっという間だった。いろんなことがあったけれど家を買わなければよかったと思ったことは一度もない。やっぱり観葉植物を買い足そうと思う。

二月二四日（金）

彼氏ほしいとか結婚したいとか子どもほしいとか、思ったり口に出したりしていた時間が自分の人生の中でもけっこう長かったけれど、私は恋愛をしたいとか人と生涯共に過ごしたいとか出産育児をしたいというより、それを題材にした文章が書きたかったのかなと思う。自分と親密な、自分にとって特別な他者と自分のかかわりについて何かを書きたかった。自分がこれまで書いてこなかったものを書くためにそういう存在を必要としていた。こう書くと本当にゲスいな。

で、実際に彼氏ができてみてどうなったかといえば、もちろん起きたこと思ったこと全部を赤裸々に書くわけではなく、何を書いて何を書かないか考えながら過ごしている。嫌われたくないし傷つけたくもないし。当たり前のことだけれど書くために愛しているわけではなくて、書くことと愛することを人生の中に両立させたいと思っている。何かを成すために何かを犠牲にすることを厭わずに三五年間生きてきてしまった私にとってそれは壮大な挑戦である。

二月二六日（日）

渋谷のカフェミヤマで百万年書房の北尾さんと会って、書くことについての打ち合わせのような雑談のような時間。一杯コーヒーを飲んだ後、昼からやっている大衆酒場へ。二日連続で昼酒をしている。

最寄り駅に戻り、ペンギン氏と合流して大阪王将へ。私が今日のことを話すと、「よし、モニターを買いに行こう」と彼は言った。うちのノートパソコンの画面はとても小さくて、縦書きの文章の執筆や編集がはかどらないので、縦横に回転する作業用の液晶モニターがほしいと言ったことがあったのだが、それを覚えていてくれたらしい。モニターさえあればいいものが書けるに違いない。そうであることを祈る。

ベッドに入って眠りにつく直前、私は「しんどい」と口にしていたらしい。完全に無意識だった。たしかにテンパってはいるけれど、大丈夫。ひとつひとつ。

二月二七日（月）

モニターを買うため秋葉原へ。オタクの人たちでにぎわう日乃屋カレーで昼食。私はダブルチーズカレーにした。ごはんの量が並でもお腹いっぱいになった。

モニターについては、いろいろ検討した結果、ビックカメラでEIZOの液晶モニターを買うことになった。本体の色が白で、画面回転機能があって縦置きできるタイプならなんでもいいと私は言っていたのだけれど、予算内でよいものがあってよかった。

うちに帰宅して即、箱を開けてモニターを取り出し設置と設定をすませてくれるペンギン氏。

三月三日（金）

仕事後、銀座の資生堂パーラーのビルでふしぎちゃんと待ち合わせる。

何を食べるか迷った結果、ふたりともオムライスにする。食前に頼んだお茶も香りがよくて幸せな気持ちになった。そしてオムライスが運ばれてくる。レモン形の白いお皿に盛られたレモン形のオムライスは表面がつるんとなめらかでとても美しく、ぐりとぐらのカステラを思い出した。

それからカフェ・ド・ランブルに場所を変え、ブラン・エ・ノワールを頼む。ふしぎちゃんと別れて、新橋駅前ビルの三芳八で一人飲みしてから帰宅。

酔って帰宅して、洗濯機を回す。人が着ていた部屋着と人が朝風呂に入って使ったバスタオルがかさばっていて、それを自分が洗って干すのが嫌すぎて顔をくしゃくしゃにして泣く。ペンギン氏はうちに来たら料理や掃除をしてくれるのに、私はたかが洗濯ひとつ（※原文、ここで途切れる）

三月五日（日）

昨日の夜からペンギン氏が泊まりに来ている。夕方、雨が降っていたので傘を持って高円寺へ向かう。化粧は適当に済ませたけれど、高円寺の民に馬鹿にされないようにと思ってお気に入りのポール・スミスのワンピースを着ていく。

高円寺に着いてギャラリー、VOIDへ。写真家・相澤義和と漫画家・岡藤真依の二人展「爛々」を見に来た。

飛び込みでも相澤さんに写真を撮ってもらえるということだったのでお願いする。緊張しすぎて、ポーズも表情もどうしたらいいか分からなかった。「酒さえあれば緊張しないのに！」と冗談で言っていたら、ギャラリーの物販にハートランドビールが売られていたらしく、ペンギン氏がそれを買ってきてくれた。瓶ビールを両手で持って、さっきまでと大違いの満面の笑みで写真に写る私。ビールをぐびっとあおりながら写真に写る私。撮影は楽しかったしすてきな写真を撮ってもらえてうれしかった。

家に帰って日記を編集していたら、ペンギン氏が小松菜とツナのマリネ的なものと蓮根と玉ねぎの味噌汁を作ってくれた。言われるがままにそれを食べてアサヒの黒ビールを飲んでいたら、〆に蓮根とひき肉のパスタも出てきた。作ってくれた三品が酸味、味噌味、甘辛味で全部味がばらけていてどれもおいしくて感動した。

三月八日（水）

美容院の後、東武百貨店に寄ったら、アニエスベーでちょっとしたパーティー用にぴったりのワンピースを見つけて、お高かったけど意を決して購入。

帰宅してペンギン氏に話があるから会いたいと言われ、会うのは無理だったので電話で話す。電話で聞いたところによれば、彼の主訴は、「感情をぶちまけられても、どうしたらいいかわからなくて困る。感情をぶつけるなら一緒に解決策を提示してほしい」ということだった。

あなたに何かしてほしいことがあればそう言ってるよ。何もしなくていいから、感情をただ受け止めてほしいときがあるんだよ。私は自分の中に生じた感情をなかったことにしたくないの。形がなくてすぐ消えちゃうものを残したいの。やり場のない感情を自分だけは認めてあげたいし行き場を作りたいの。行き場のない感情の置き場を作るために、私は文章を書いているし、あなたにも言葉で伝えているのだと思う。私がこれまで作ってきた本とか今アップしている日記だって全部自分のお気持ち表明で、たとえば「上司が隣の席でいびきかいて居眠りしててまじでくそ」とか「眠くてやる気が出ない」とか書いたって、どうしたらその状況が改善するかとかいちいち考察したりしてないじゃん。感情は一回性のもので、似たような出来事が度々起きたとしても、そのときの状況や気分によって自分の中に生じる感情は違うの。だから、どんな場合でも使える万能薬のような〈解決策〉なんか存在しない。あなたは前にも〇〇さんと「女は共感ベースで話を進めて解決策を考えようとしない」と話していたけれど、相手の話を傾聴して共感を示す会話と解決策を探る会話は別に対立するものではないよ。話しているうちに心が軽くなって楽になったり、自然と自分がどうすべきか見えてきたりもするんだよ。それだけで気持ちが楽になって、それって私にとっては解決に近づいてるってことなんだよ。ただ、お酒が入って感情を感情的に伝えるのがよくないというのはわかるから、それは気をつけるね。

三月九日（木）

仕事の送別会。プレミアム日本酒飲み放題というプランで、たくさん注がれて飲みすぎた。最寄り駅に着いてペンギン氏に電話してしまう。後輩の女の子に誤って写真を送ってしまって平謝りしたりもする。

三月一三日（月）

昼まで働いて退勤。駒込でペンギン氏と待ち合わせしていたので向かう。最近のメッセージのやりとりのそっけなさから、最近私が（主に酒が入った日に）やらかした件で何か言いたいことはあるのだろうなあ、最悪振られるかもしれないなあと思っていたけれど、いざ会ってみたら雰囲気が完全に、付き合う前の他人行儀な感じに戻っていたので、ああ本当に終わりなんだなと思った。

サウナロスコに行こうという話だったから駒込駅で集合したけれど、その前に相談したいことがあると言われてマクドナルドに入る。昼を食べていなくてお腹が空いていたけれど、食べたいものは何もなかった。

席について、「別れたくなった？」と訊いたら「なんでわかったの」と言われて、そんな予感は当たらないでほしかったと思う。

直接の原因は、数日前に私が彼に話の流れで「嫌われたくない」と言ったことで、その言葉を聞いた彼は、私が〈自分のことを嫌わないでくれ〉と伝えることで彼の感情をコントロールしてれ、自分の思い通りにしようとしているように感じられ、自分の領域が侵犯されていると恐怖を覚え、その瞬間に私のことを好きという感情がなくなってしまった、ということらしい。そんなつもりで言ったわけではない、と言ってみたけれど、その類の言い訳が言い訳としてしか機能しないのは私自身が嫌と言うほど知っている。

さらに聞けば、やはり酒を飲みすぎた日に私が彼のスマホに謎の写真や意味の通らない文章を送ったり、電話をかけて感情をぶちまけたりしたのも、人に相談したら「ちょっとおかしい」「自分だけを見てほしいというメッセージに感じられる」と言われたとのことで、おそらくは、それも付き合い続けられないと思った理由であるのだろう。「酒が入っていたとしても、いや酒が入っているときこそ言動にその人自身の性質が現れると思うから」と言われると、それは正論過ぎて私はもう反論できない。たしかに私はそのような性質を持った人間であり、そのような性質を持った人間である私を好きでなくなったと彼が言うならそれを受け入れるしかない。というか多分、彼が優しさゆえに言わなかっただけで、私の言動が重かったり無神経だったりして彼が嫌気がさしたことがさらにいくつもあったのだろうなあと思う。想像でしかないけれど。

その後は事務的な確認事項だけ話してマクドナルドを出て、駒込駅前で解散した。

目黒駅のアトレの本屋に向かう途中で、ほんのちょっとでも死にたい気持ちが自分の心のどこかにあるかなるべく冷静に探ってみたけれど、肉体を失ったらもう文章が書けないしそれは困るなあという気持ちしか湧き上がらなかった。全然死にたくなかった。

日記だけでなく、今は書くべき原稿がいくつもあってよかった。何を失っても誰が自分から離れていっても、書くことが手元に残るのであればそれでいいやと思う。いや、よくはないよ。よくはないけれど、自分に起きたことを書いて発表することができる間は多分なんとか生きていけるんじゃないかと思う。

T氏と元の関係に戻るつもりは、今のところないです。

三月一四日（火）

日記を読んでくれている人たちから続々連絡が来る。気にかけてくださってありがたい。

そしてふつふつと納得のいかなさが湧いてくる。そもそも、自分の離婚の顛末とか部屋の汚さとか酒入っての醜態とかをテーマに何冊も本作って、さらにそれと別に毎日日記書いて公開してる時点で「ちょっとおかしい」女に決まってるだろうが！何を根拠にまともな女だと思ったんだよ！という気持ちになる。

付き合い始めの頃から、あんな浮かれたことを日記にいろいろ書いてきて、それなのにあっという間に関係が終わって恥ずかしい、みたいな気持ちが、まあ全くないとは言わないけれど、書かなければよかったとは思わない。アップしたものを非公開にする気もない。むしろこんなに短期間で終わるなら、やはり書き残しておいてよかったなあと思う。あとは、私があれこれ書いたせいでだめになったわけではなく、私自身がだめだったらしいことに安心もしている。ｄｏでなくｂｅがだめならもうしょうがないよ。

昼には退勤。昨日の夕飯も今日の朝食も賞味期限切れのカロリーメイトだったので、さすがに良くないなと思ってスープストックへ。カロリーメイトを食べてもカロリーしか私に寄り添ってくれないからね。

キックボクシングのレッスンに出た。終わって映画を観ようと思ったけどまっすぐ帰る。

友人まりから、「書くことが愚かだとは思わない。書く自分を責めるなよ」とＬＩＮＥが来る。カーネーションの花束のギフトを贈ってくれた御花畑マリコさんから、「片づけが苦手だったのにすてきな家を作って、面白い女たちを集めた楽しいパーティを開ける人は幸せであるべきです」と

ＬＩＮＥが来る。別に今回の件で泣くほど傷ついたりしていなかったし、キックボクシングをしたりゲラゲラ笑ったりして元気だったのに、それらの言葉に触れたら初めて、ううう……と涙が出てきた。優しくて強くておもしれぇ女たちが心を寄せてくれていてくれるおかげで、私は今日も幸せですよ。

冷凍ごはんのストックがなかったので米を炊いて食べた。たくさん食べた。

速く、もっと速く

「三年後の転職を視野に入れて、ちょっとずつ動き出そうかな」

そう思い始めてから三か月後には、複数の内定を得て転職を決めていた。

「ずっとひとりで暮らすなら、家を買うのもありかもしれないな」

そう考えてリノベーション会社主催の単身女性向けマンション購入説明会に出席し、その二か月後には物件の売買契約書に判を押していた。

経験上、そういうふうにとんとん拍子に話が進むときにはそれほど悪い方に転がっていかないと知っているから、後悔したり反省したりすることがない。年々、人生の決断のスピードが速くなっていく。

恋愛にもそういうスピード感で臨んでしまうから、いつも早い段階でだめになる。衝突事故を起こさないと止まらない暴走車のようなものだ。かつては交際ゼロ日で同棲開始したみーくんとそのまま結婚し、すぐに別居して、その後離婚した。

その経験でさすがに懲りた。……と思っていたのに、また、やっちまった。知り合ってすぐ、ふたりで一度飲みに行っただけのペンギン氏と付き合うことになった。付き合ってすぐに、もうこの人と一緒に住んで結婚するか、と考えるようになっていた。数年前の離婚を経て、「人と一緒に暮らすのはもう無理」とか「選択的夫婦別姓が認められるまでは誰とも婚姻関係を結ぶつもりはない」とか言っていたくせに、この変わり身の早さ！そうやって自分の価値観や思考が変わっていくことさえも愉しくて、私はその快楽に身をびたびたに浸していた。

で、わずか二か月で振られた。


その日はサウナデートをする予定で、昼過ぎに山手線の某駅で待ち合わせしていた。落ち合うと、先に話があるからと言われて駅の近くのマクドナルドに連れて行かれた。

ペンギン氏の「話」の内容を察した私はレジでコーヒーしか頼まなかった。昼食を食べてきたはずの彼はチキンマックナゲットを頼んでいた。なんでだよ。

ペンギン氏は、「真正面で向き合ってどれだけ話しても人と人は分かり合えない」という持論を持っていた。飲食店では必ず、カウンターに横並びに座るか、四人掛けのテーブルで私と対角線上に座っていた。もちろん、今日もふたり掛けの小さなテーブルではなく四人掛けの座席を目で探していたけれど、四人掛けの席は、資格試験のテキストを広げる若者や、ゲームをする小学生で埋まっていた。結局カウンター席の、紫色のインナーカラーを入れたボブヘアの女の子の正面に並んで座ることになった。女の子は、ワイヤレスイヤホンを耳につけてスマホの画面を熱心にのぞき込んでいて、こちらを見向きもしない。

ペンギン氏は、私と別れることを決めた経緯を淡々と話した。

「友達にぐりこちゃんのことを話したら、『ちょっとおかしいね』って言われたよ」

と、申し訳なさそうに言って、チキンマックナゲットを口に運ぶ。バーベキューソースと油の入り混じった匂いが、ぷうんと漂ってくる。「ひとつ食べる？」と訊かれたけれど、とてもそんな気になれなくて断った。私は、この先の人生で二度とチキンマックナゲットを食べないと思う。

心変わりは私にも誰にでもあって。それは笑っちゃうくらいありふれた失恋で。始まりも終わりも私にぴったりのスピード感で。

こうして私の久々の恋愛はあっけなく終わった。

その日は一日呆然としていたけれど、じわじわとダメージがやってきた。去って行ったペンギン氏に未練があったわけではない。単身者に対する脅しとしてよく言われる孤独死とやらも、別にこわくない。私がおそれているのは、自分がこの先何か月も（あるいは何年も）、その恋の思い出にとどまって、ぐずぐずうじうじしてしまうことだった。

振られた二日後、私は仕事を早退してサクラさんのところに駆け込んでいた。サクラさんは、半年ほど前に私に「近々お付き合いする人ができると思うよ」と告げた、東新宿の占い師だ。実際にその後に彼氏ができたし、ペンギン氏はサクラさんが言っていた通りの人だった。今回も何かドンピシャなことを言ってくれるに違いないと期待してカウンセリングの予約をとった。

東新宿のオフィスビルにある二畳ほどの広さのレンタルスペースに入り、会議机を挟んで、ピンクのブラウスに長い黒髪をたらしたサクラさんと向かい合う。

私が彼氏と付き合って別れた経緯を話すと、サクラさんは、

「今回の出会いは惜しい出会い。次の出会いが本命の出会い」

と歌うように言ったので笑ってしまった。友人に報告して「そんな人、別れて正解だったよ」などと言われると、ペンギン氏と付き合った自分ごと否定されたように感じてちょっと落ち込んだりしていたのだけれど、「惜しい出会い」という言葉にはそういうニュアンスがなくてとてもよかった。

ひとしきり恋愛や仕事の話が終わると、私の前世の話になった。なんでも私は明治か大正の没落華族の娘で、財産を全て奪われ、思いを寄せた人と添い遂げることもできずに不遇の人生

を送ったらしい。

サクラさんは、私の顔周りに文字か映像が浮かんでいて、それを見たまま言葉にしているかのように迷いなく話す。

「あなたのこれまでの人生は、迫害された前世の再現だったのね。でも、もう試練は終わりました」

へえ、そうだったんだ。自分がこれまでの人生でそれほど大変な目に遭っていると感じたことはなかった。けれど、たしかに、いつも何か大きな力に必死で抗おうとしていたし、そういう役割を引き受けることを自分の使命のように思っているところはあったかもしれない。

「奪われたものを取り戻していく、そういうフェーズにもう入ってきています。自分に投資したり、価値あるものを手に入れることをおそれないでね」

という言葉を最後にかけてもらい、晴れやかな気持ちで昼下がりの東新宿の街に降り立った。

ああ、私はきっと、ここからまたどこにでもかっ飛ばしていけるな。

新宿バルト9で、映画『エブリシング・エブリウェア・オール・アット・ワンス』の夕方からの回を予約していた。背の高いオフィスビルが立ち並ぶ明治通りを、新宿三丁目方面に向かって足早に歩き始める。新宿七丁目の大きな交差点で、右折して西武新宿方面に向かえば韓国料理屋が立ち並ぶエリアに出るはずだ。街の雰囲気は徐々にではなくぱっと入れ替わるのに、その切れ目が目には見えない。まるで四季の変化のようだといつも思う。

伊勢丹新宿店を通りかかり、映画まで少し時間があったのでエルメス横の小さな出入り口からしゃっと身体をすべりこませる。病めるときも健やかなるときも、恋の始まりも失恋直後も、伊勢丹に来ればいつだって楽しい。まあ、夕方の地下一階の惣菜売り場と休日の一階ディオールは混みすぎだけれど。

通りかかった一階の催事スペースに、見慣れた個性的なデザインのジュエリーが並んでいて、思わず駆け寄る。天然石ジュエリーのブランド、januka のポップアップストアだ。店員さんが、今日が初日なのだと教えてくれた。SNSで告知は見ていたけれど、今日からとは知らなかった。偶然の邂逅に胸が熱くなる。

ショーケースの中では、ダイヤモンドやサファイヤ、ルビーやアクアマリンなどさまざまな天然石が、ねえ私を見て、とばかりにきらきらと輝いて存在を主張してくる。友人のなこったーとモブ子ちゃんと一緒に、青山にある januka の店舗を訪れたときもそうだった。そのとき、モブ子ちゃんは店員さん以上の熱心さで「これはどうですか」「ぐりこさんそのリングすごく似合いますね」とあれこれ薦めてくれて、私もたくさん試着をした。けれど、なぜか、どれも「今の私にはふさわしくない気がする」と思ってしまって、何も買えなかったのだった。

ポップアップの店頭に立っていたデザイナーに好みを尋ねられ、はっきりした濃い色が好きです、と伝えると、いくつもの天然石のリングを出してくれた。バンドリングといって、石を留め具で留めるのではなく、金属のラインを石の外周に渡してリングに固定するシリーズのものだ。その中でもはっと心を惹かれたのは、深いグリーンから乳白色へグラデーションになった珍しいトルマリンを用いたリングだった。そっと頭上にかかげて光にかざすと、色の明るいほうが透けたようになり、色の濃いほうは深海のような深いブルーにも全てを飲み込む漆黒にも見える。普段はシルバーやプラチナのアクセサリーを身につけることが多いけれど、このリングの、石をぐるっと囲むゴールドのラインは、夕暮れどきの地平線のようですてきだと思った。

直径一センチ以上ある大ぶりのこの石は、指輪にできるぎりぎりのサイズだったという。右の薬指に通してみる。石が指をすっぽりと覆ってくれて、丸々とした私の手指をすんなりと見せてくれる気がする。いや、そんなことは問題じゃない。自分の手指がどう見えるかなんて。私はただ、この目の前の不思議な美しいリングを身につけて自分の一部にしたかった。

使われている石が希少で大きければ、それだけ値段も高価になる。それでも私はもちろん悩むことなくハンドバッグから財布を取りだした。今すべき決断を先送りにすることはない。心惹かれたものに愛を注ぐことを、そのために対価を払うことをためらわない。

伊勢丹正面口から出て、信号待ちの雑踏にまぎれて人知れずにんまりする。本当に、惜しい出会いの後に本命の出会いをしちゃったなと思う。サクラさんの占いは、やっぱりよく当たるのだ。

停滞すなわち死。思い立ったことを形にしないと、それもすぐに行動を起こさないと気が済まない。高速道路でびゅんびゅんと車をかっ飛ばすような、そういう速度で人生が動いている瞬間にだけ、ああ生きているなあと快楽を覚えてしまう。そんな性である。

幸せじゃないと

「なんで怒らなかったんですか」

最近親しくなって、一緒に独立系書店巡りをするようになった友人が、さっきまでと違うぐっと低い声でそう言った。久々にペンギン氏っていう彼氏ができたんだけど、二か月で振られたんですよねえウケる、と私がへらへら話していたときのことだった。

私はもごもごと答えた。

「え、だって、人の気持ちは変わるものですし。私が怒ったって泣いたって、別れたいと思ったペンギン氏の気持ちが変わるわけじゃないっていうか」

「向こうから寄ってきて、たった二か月とはいえ親密に過ごして、それなのによくわかんない理由で勝手に去っていったんでしょう。ちゃんと怒ったらよかったんだと思いますよ。そうしなかった理由は何なんですか」

いつも穏やかで、私の愚痴やとりとめのない話を否定せずに聞いてくれるその人が、珍しく険しい顔をしていた。あのときろくに怒りも泣きもしなかった私の代わりに、怒ってくれているのだと思った。

怒らなかった理由を問われてしばらく考えた。思い当たる理由は、「その場で自分の感情を相手にぶつけることよりも、その場の状況を記憶することを優先したから」ということに尽きた。そのときの私は、その場で起きたこと、自分の感じたことを、日記にひとつ残らず書き残そうとしていた。そのためには状況を少し離れたところから冷静に観察する必要があって、感情の波に身を委ねている場合ではなかった。

そうやって書いてその日のうちに発表した、ペンギン氏と別れた日の日記は、数か月かけて多くの人に読まれた。その日記を読んでくれた人の中にも、先の友人と同じように私の代わりに怒ったり疑義をとなえている人が何人もいた。そういった感想を見聞きする度、ものすごくありがたいことだなあと思いつつ、なんだかかえって落ち込んでいった。あれ。やだな。同情されているのかな。笑い飛ばしてくれていいのに。おかしいな。私、別にペンギン氏に未練とかないのにな。

恋人と別れてひとりに戻ったからって、不幸じゃないのにな。

このとき生まれて初めて、私はどうやら、他人に同情されたり、不幸だと思われることがだいぶ許せないらしい、ということに気づいたのだった。

体感でしかないけれど、今から一〇年ちょっと前までは、世間一般にいう「恋愛・結婚・出産＝幸せ」とか「モテ」「愛され」を良しとする社会規範を前提として、女性がそういった社会規範から外れている自分を卑下したり、恋愛で幸せになれない自分を自虐的に語ったり、そういった社会規範を内面化した他の女性を揶揄するようなコンテンツが流行っていた気がする。私自身も当時は、そういう文章をブログやＳＮＳに書き散らしていた。

でも、時代は変わった。令和の今、当時の私が書いていたような文章をアップしたら、時代遅れと見なされてそっぽを向かれるだろう。今の時代の主流の価値観では、異性に愛されることよりも自分で自分を愛することが大事なこととされる。化粧やファッションで装うのは他人のためでなく自分のためだ。恋愛や結婚や出産をしたくなければしなくてもいい。男性優位の社会において分断されがちな女性たちは、いがみ合うのではなく連帯すべきだ。

他者に自分の価値の判断を委ねず、自分で自分を認めていくことの大切さは、自己肯定感、セルフラブ、自己受容、ご自愛、さまざまな言葉で言い表される。私自身、その重要性は嫌というほど理解しているつもりだ。幸せの形は人それぞれ。誰かに幸せにしてもらうのではなく、自分の幸せは自分で見つけていくもの。恋愛や結婚や子育てが、誰にとっても幸せとは限らない。恋愛というものをうまくやれた試しがなく、旧来の社会規範に自分自身を合わせようとして結婚を選んであっけなく失敗した私は、そのことを強く実感していた。

かつてみーくんと結婚したとき、私は、両親や祖父母が喜んでくれたことが心の底からうれしかった。だから、別居を決めたときには、ある種の罪悪感を抱いていた。私が実家に行って、夫と別居しようと思っている、と告げたとき、台所にいた母は声を荒げてこう言った。
「この世はね、自分のがんばりだけでうまくいくことばかりじゃないの。男の人はね、プライドがあるんだから。あんたは気が強くて相手を立てないからそうやってすれ違うんでしょう。みーくんは優しい人じゃない。だから結婚したんでしょう。心配とかさみしいとかあなたがいないとだめとかちゃんと伝えて、うまくコントロールしなさいよ」

進学でも就職でも何かを始めるときにもいつも私を応援してくれていた母が、生まれて初めて母の理解の範疇を超えた行動に出ようとする私のことを、大声で、全力で否定していた。それを聞き流しながら、私は固く決心した。金輪際、自分の人生の選択を迫られたときに、母や他の家族にどう思われるかは気にしない。事前に何も相談しない。安定した仕事に就くとかいい人と結婚するとか子を産んで母親になるとか、私の家族が思い描いて良しとしているであろう「普通の幸せ」を、私はもう二度と目指さない。

そして私は母の忠告を無視して別居して離婚した。仕事も辞めて転職した。来る予定もないマイホーム購入や出産・育児に備えて貯金することをやめた。都心に引っ越して、ひとりの生活を全力で楽しみ始めた。

映画に読書、お酒、グルメ、喫茶店巡りや本屋巡り、国内外の旅行、どこをとっても私の新しい生活は充実していた。やりがいがあると言えなくもない仕事がある。築古だけど自分名義の持ち家を手に入れた。女友達もいれば性欲を満たす相手もいる。仕事と別に文章執筆という自己表現の手段もある。それを読んでくれる人もいる。私は満ち足りている。

ねえ。お母さん。子どもの頃はしょっちゅう入院したり、旅行に行く直前に発熱して予定をキャンセルさせたり、たくさん心配かけてごめんね。お母さんはあんなに子どもが好きだったのに、きっと、私が身体弱かったから、もう一度幼稚園の先生の仕事に就くことを考えなかったんだよね。大人になっても、最初の就職先で失敗して結婚も失敗して心配かけてごめんね。でも今は毎日楽しく過ごしてるよ。お母さんが言う通り私は気が強くて、人とうまくやれなくて落ち込むときもあるけれど、自分自身のこともこの人生もまあまあ気に入ってるよ。私は幸せ。うまくいかない結婚生活をやっていたときと比べ物にならないくらい、とっても幸せ。お母さんも私が幸せだったら幸せでしょ？だから安心してね。

ねえ。お父さん。公務員で、合理主義で堅実で、ケチと言いたくなるほど倹約家のお父さんと、行き当たりばったりな私はどうしたって考え方が合わないよね。そんなこと、「ろくに勉強しないくせに大学院進学なんて」と言ってきたときからわかってた。いや違う、大学受験で第一志望に受かった私に、滑り止めの女子大に行かないのか本気で訊いてきたときからわかってた。だから就職のことも結婚のことも離婚のことも何も説明せず最低限の事後報告だけしてきたのに、こないだは「占い師に着物を着るといいって言われたんだ〜」なんて口滑らせた私がバカだったよ。だけど、「着物を着るといいっていうのは、それは良縁に恵まれるとかそういうこと？」って返しは、的外れにもほどがあるでしょう。多分この令和の世にわざわざ着物を着て歩いてる女なんて、外国人観光客に珍しがられるくらいで逆に敬遠されると思うよ。

ねえ。おばあちゃん。私とふたりきりになった隙に「ぐりこちゃんは、もう結婚しないの？」なんて意を決したような顔で訊かないで。それ、おじいちゃんが生きていた頃は一度も言ったことなかったね。だから私、弟夫婦とその子どもの前で私に、無神経に「見てると子どももほしくなるんじゃない？」なんて言ってくるおじいちゃんを、おばあちゃんは陰でたしなめてくれてるのかと思っていたよ。おじいちゃんと同じこと思ってたけど、おじいちゃんが言ってくれるから自分では口にしなかっただけだったんだね。

彼らが思い描く「普通の幸せ」とは違っても、私は幸せに生きている。家族にも誰にも、心配も同情もされたくない。幸せの型を押し付けられたくない。

よく、「誰に向けて日記を書いて公開しているのですか」と訊かれる。その度に考えていたけれど、私は私の幸せを願ってくれる人に向けて書き続けてきたのかもしれない。友人たちや、文学フリマに毎回足を運んでくれる読者や、メッセージやリプライで共感やお祝いのコメントをくれる人たち。もちろん、私の幸せを誰より願っているはずの私の家族はその日記を読まない。でも、直接届くことがなくても、なんらかの形で伝わってほしい。私というひとりの人間の、生存の報告。幸せな生活の報告。

だから私は、毎週公開している日記に、うれしかったこと楽しかったこと、面白かったものやおいしかったものや心惹かれたもの、大好きな人たちのことを書きとめてきた。意識してそうしてきたわけではないけれど、自然とそれが当たり前になっていた。もちろん、仕事の愚痴やどうしようもない将来への不安や他人とわかりあえない辛さを吐露することもある。けれど、深刻すぎるトーンにならないように、楽しい出来事やポジティブな感情についての記述が埋もれてしまわないように、いつも気をつけていた。善意の読者にも悪意の読者にも、恋愛も結婚もうまくいかない、若くも美しくもない、孤独でかわいそうな人だと思われたくなかった。自分自身のことをそう思ってしまうのも絶対に嫌だった。日記に嘘は書いていない。けれど、その日記を書いている自分に虚栄心がなかったといえばそれは嘘になる。

日記の読者から、「たくさん映画を観て本を読んですごい」「あちこち出かけておいしいものを食べて飲んで楽しそう」などの感想をもらえば素直にうれしかった。自分が不幸だと思われていないと感じて安心できた。

でも、「幸せ」に疲れていたんだと思う。そういう文章を書き続けることにがんじがらめに囚われて、傷ついてきたんだと思う。感想をもらえるのはうれしい。文章や暮らしを誉めてもらえるのもうれしい。でも、全然楽しいことばかりじゃないのに「楽しそうでいい」とコメントされることにも、クズな男にガチでキレてるのに「啖呵切ってるのが持ち味」とか評されることにも、既婚で子持ちの友人や読者から気軽に「自由でうらやましい」と言われることにも、ほんの少しずつ心を削られていた。心を削られながらも、自分で自分が不幸だと思いたくないから、人に不幸だとも思われたくないから、ずっとこうやって「幸せ」を書き続けていくんだと思っていた。

だから、私の文章を読んで私の代わりに怒ってくれる人たちがいたときに、不安になってしまった。ああ、私はやっぱりかわいそうに見えるのかな。どんなに幸せで楽しそうな自分の生活を書き連ねていても、やっぱり不幸の手から逃れられないのかな。若者じみた感傷だと思うけれど、何不自由ない暮らしをしている大の大人が考えることじゃないと思うけれど、それでも考えてしまうのは止められない。

一度不安になると、過去のトラウマのような出来事ばかり思い出す。一年半付き合っていた恋人は、私と別れた直後に電車に飛び込んで死んだ。最初の職場で激務のストレスにやられ、セクハラパワハラにも遭って仕事を続けられなくなった。結婚生活がだめになって、夫のみーくんは、自分がこうなったのは私のせいだと言った。私に愛を伝えてくるのは既婚者ばかりで、そのくせ誰ひとり私のために離婚する気はなかった。私の日記や著作を読んでいて「今までの人と俺は違うから俺だけ見て」と言ったペンギン氏は、二か月で去っていった。私はやっぱり不幸なんじゃないか。そう思ったら、日記も他の原稿も何も書けないような書きたくないような気持ちになって、自分が書いてきたものも全部虚飾にまみれたものに思えてしまった。

同時に、ああ、今すぐ、人生をともにするパートナーがほしい、と狂おしいほどに思った。同棲も結婚もしたくないし子どももいらない。けれど、私の、今の、幸福の証明としてのパートナーがほしい。それさえ手に入れば、今まで通りに、衒いなく「幸せ」を書いていけるんじゃないか。でも、「人生をともにするパートナーがほしい」なんて、公開している日記には絶対に書けない。それがほしいのにどうしても手に入らないことを、文章にして認めるのはとても耐えられない。私は、ひとりで生きていても自分の人生が充実していて幸せだ、と思いたいし、他人にもそう思っていてほしい。

　血迷ってマッチングアプリを始めた。よりによって、遊び目的の人間ばかりが集まっていると言われる一番チャラいやつ。自己紹介欄に何を書こうかなと考える。出会いを求めている男女が集う場でも、自分が、自立していてひとりでも幸せに生きていける女であるかのように取り繕った文章しか書けないのが笑える。自立していてひとりでも幸せに生きていける女が、なんでマッチングアプリなんか始めてるんだよ。

　趣味：酒、サウナ、喫茶店巡り、読書、映画鑑賞、着物。そんなの全部どうでもいいよ。私が本当に書きたかったのはこう。結局書けずじまいだけど。

「自己紹介：飲み歩きも映画鑑賞も海外旅行もひとりでできるしひとりでするけれど、誰かと一緒に、ひとりじゃできないことをしたいです」

　ひとりじゃできないこと。それはセックスなんかじゃなくて、もっともっと私の存在の根幹にかかわること。


　こんなふうに不安になって迷走して、酒を飲めば記憶をなくし（いつもだけど）、原稿を書けずに〆切を延ばしてもらい、マッチングアプリで出会った二九歳とセックスしたり、うっかり自分の本の読者とマッチングして「早乙女ぐりこさんですか？」というメッセージが届いて、ぎゃーと叫んだりしていた頃。

楽しみに大切に読んでいた漫画が最終巻を迎えた。ヤマシタトモコ『違国日記』だ。発売日には買いに行けなくて、翌日の朝に本屋に走って、家まで待てずに本屋の近くのジョナサンに入って開いた。

少女小説家の槙生は、交通事故で亡くなった姉夫婦の遺児である朝を引き取り、同居生活を始める。ふたりが一緒に暮らし始めて二年半が過ぎる頃、ある一件を境にふたりの関係はぎくしゃくしたものになってしまう。そんなときに槙生が朝にこう言うのだ。

わたしはいつでも不機嫌だし　部屋は散らかっていて　食事のメニューはつまらないけど
それでもあなたが幸せでいてくれればいい
って言うと幸せでいなきゃいけないみたいだね　ときどき不幸せでもいいよ
（ヤマシタトモコ『違国日記⑪』）

昼前のファミレスの喧騒の中で涙を流しながら、槙生が朝に伝えた「不幸せでもいい」という言葉を、私は自分自身に向けられたものとして受け取っていた。

他人に同情されて見下されることはこわいけれど、それ以上に見捨てられることがこわかった。この世には、私の幸せを願う人と、私の不幸をネタとして面白がる人と、大多数の、私に無関心な人しかいないと思っていた。私は、自分のためではなく私の幸せを願ってくれる人のために、幸せでいなきゃいけないと思っていた。自分の幸せは誰に決められるものでもなく自分で決めるものだと知りながら、他人の目ばかりを気にしていた。離婚して「普通の幸せ」を求めなくなった代わりに、ずっと、「普通の幸せとは別の形の幸せ」に固執していた。それを手にする、あるいは手にしているように見せることに躍起になっていた。他人の目や古い価値観を気にせず自由に生きているのではなく、他人の目や古い価値観を気にせずに自由に生きられる私、を演じていただけだった。こんなこと書くのも恥ずかしいけれど、できることなら、自分より若い同性の読者に、「こんなふうに生きられるなら歳をとるのも楽しそうだな」「ひとりで生きるのも悪くないな」と思ってほしかった。

でも、幸せと不幸は別に相反する状態ではなかった。そのふたつは対義語ではないのだと思った。幸せが必ずしも善で、不幸が悪と決まっているわけでもない、多分。そしてきっと、私の幸せを願う人が、幸せを願ってくれているからといって、私がときどき不幸でいたらいけないわけでもないのだ。

明日はマッチングアプリで知り合った男（＝自著の読者）と会うから、東新宿のルビーパレスに来た。受付で一万四五〇〇円払って、サウナに入って、湯船に浸かって、アカスリエステのフルコースを受ける。アカスリ四〇分、アロマオイル五〇分、ボディシャンプー、ミルク保湿ケア（顔と身体に勢いよく牛乳をぶっかけられるので毎回笑う）、コラーゲンパック。

　アカスリのために施術台にうつぶせになって、顔だけ横に向けて、ミトンが背中を上下して削り出したオリーブグリーンのひじきみたいな垢を半目で見ながら、自分がこれまで文章に書き連ねてきた「幸せ」の残滓みたいだと思う。

　アカスリが終わってアロマオイルのマッサージに移る。エステの一環としてのマッサージとは思えないほど、ふくらはぎや尻の凝り固まった部分をごりごりに圧迫されて、圧迫したままぐいぐいと押し流されて、コンクリートに打ち付けられたような激痛が走る。痛みに相当強い私も呻き声が漏れるくらい。「最初は痛いだけどだんだん平気よ」なんて、処女をどうにかしようとするチャラ男みたいなこと言わないでください。

　エステの後にサウナに入る。サウナ・水風呂・休憩のセットを三回繰り返す。気がかりなことがあるときには、どんなにいいサウナに入っても私はうまくととのわない。

　二二時頃、汗で湿った服を裸の身にまとって、すっぴんのままで退館し外に出た。痩せた黒い猫が道の端で丸まっている。帰り道、『違国日記』の槙生の台詞「ときどき不幸せでもいいよ」のことを考えていて、山本文緒のエッセイ『結婚願望』のあとがきにも「少しくらい不幸でもいい」という言葉が出てきたことを思い出した。

人の結婚式に出るたび思うことだが「幸せになります」っていうのは、どんなものなのかな。今までは幸せじゃなかったのかな。その前に、人は幸せじゃないといけないわけなのかな。少しくらい不幸でもいいじゃないかよ。

（山本文緒『結婚願望』）

山本文緒の最後の長編作品になった『自転しながら公転する』にも、似た表現が出てくる。どちらの作品も何度も読んできたのに、それを自分に対してのメッセージとして受け止めることはできていなかった。ずっと「幸せ」に執着して、それを守ることに必死だった。ずっと大好きな作家が、作品を通して、「幸せじゃないといけないわけなのかな」と、問いかけてくれていたのに。

書けないからと酒やマッチングアプリに逃げていないで、書けなくてもなぜ書けないかを書いてみようと思う。メッキのような「幸せ」を全部削り取って水で流して、その後に残った薄赤くやわらかくひりひりした自分を、どうにか文章でさらけ出してみたいと思う。

名前をつけてくれ

これまで私の友人たちは誰ひとりとして、私にマッチングアプリを勧めてこなかった。そのことに愛を感じている。やりたい人がやるのはいいと思うけれど、人に勧めるものではない。始めてみた今になってもそう思う。

仕事関係者に見つかって噂になるのがとにかく嫌だったから、これまでマッチングアプリに登録したことは一度もなかった。けれど、某アプリをやっている友人が、顔のわかる写真や個人情報を一切出していなくても出会えると言うので、始めてみる気になった。

自分が実際に使ってみるまで、そこでは快楽目的の人たちが、異性の顔写真をジャッジし合うというルッキズム全開の出会い方をして、相手を人とも思っていないような粗雑なコミュニケーションをとって、一夜限りの関係を結んでいるのだろうと勝手に想像していた。しかし、実際に一か月ほど某アプリを使ってみたら、そうとも限らないことがわかった。自己紹介欄に身長ではなく男性器のサイズを書いていたり、チャットで挨拶もそこそこにいきなり性癖の話を振ってきたり、左手薬指の指輪の写真を載せているような人もいるけれど、みんながみんな快楽のみを目的にしているわけではないし、相手の顔の造作や年齢などの表面的な情報だけを見て相手を判断しているわけでもない。そういう人もいればそうでない人もいるというだけで、現実の社会生活で出会う人たちと変わらない。

アプリを開いて、画面に次々飛び出してくる異性のプロフィールを眺めていると、「目にうつる全てのことはメッセージ」（byユーミン）と歌いたくなる。プロフィールページにある言語・非言語さまざまな情報を、自分に宛てたメッセージとして受け取って、総合的に判断することになる。顔写真ひとつとってみても、顔の造作でアリかナシか判定するというよりは、その人が、どんな場所で誰といるときに撮ったどんな表情の写真をアップしたいと思う人なのかを気にしている。また、顔写真以外に載せている、グルメや風景やインテリアなどの写真を見て、趣味が合うかどうか判断したりもする。自己紹介文で変にウケを狙っていたり、誤字脱字をそのままにしているような人とは、私はおそらく気が合わないなと考える。他人の顔が写っている写真をそのまま使っている人はネットリテラシーがないから、関わるのはやめておこうと思う。

そして、自分が右スワイプ（LIKEの意）した相手が自分のことをLIKEすればマッチングが成立する。アプリ利用開始後しばらくは、「新しいマッチが見つかりました！！！」という通知が来る度、近藤真彦の物真似をする人が「マッチで〜す」と言っている絵が頭の中に浮かんできてひたすら笑っていた。マッチングが成立するとチャットで文章のやりとりをすることができて、そこでこの人と会ってもいいと思えれば、会う約束をとりつけたりする。

マッチングアプリ自体の歴史は長くないし、インターネット上での出会いという点に眉をひそめる年配者も多そうだけれど、私は、このアプリでの出会いというものは意外と古典的というか、平安時代の貴族の恋愛なんかに近いものなのではないかという気がしている。身体の一部分を映したりぼかしたりした写真で相手がどんな人かを知ろうとするのは、相手の家に行って垣根や御簾越しに覗く垣間見みたいだし、いきなり会うのではなくてチャットでやりとりするのも、逢瀬前の和歌の贈答っぽい。アプリ利用者のうち一部の人たちにとって、逢瀬（デート）＝セックスであることについても、いやまあ、平安時代だってそうだったもんね……と思ったりもする。

別に古っぽさを出そうという意図ではないけれど、私は自身のプロフィールの写真を、着物を着て顔を斜め後ろに向けているものにしていた。自己紹介文は「日記を書いています」で、タグは「修士号」のみ。この年齢で黒髪ぱっつんロングヘアで日常的に着物を着ていて、顔を出す気はないのに学歴は強調している女なんて、「迂闊に関わったら面倒くささそう」と判断されるに違いない。そうしたら即セックスに持ち込みたいチャラい男はきっと寄ってこないだろうと思ったのだ。しかし、そういう人間は相手のプロフィールから何らかのメッセージを読み取ったりはしないらしく、チャットで平気で「ご飯行きましょー!」「今日飲めますか?」などと言って距離を詰めようとしてくる。そういうノリの人間はプロフィールにも「さみしいから誰かかまって」「8/17、18暇な人いたら飲みましょお」とか書いていたりして、相手が誰でもいいことを隠す気さえなくて引く。ばかやろう、おまえのさみしさはおまえだけのものだろう。暇で酒が飲みたかったらひとりで近くの晩杯屋にでも行ってこい。

古来から人々は、未知の現象と遭遇したときにそれに妖怪の名前をつけて形を与えてきた。新たな怪異と出会ったときにも、名づけて分類することができれば過度におそれることなく対処できる。ここで、私がこの一か月間で出会って名付けたマッチングアプリの怪異を紹介したい。

●クジャク

某アプリを始めてみて一番驚いたのが、上半身裸やタンクトップ一枚でポーズを決めた写真で、自身の筋肉をアピールしている男が大量に存在することだった。見た女が自動的に、「素敵！敵襲があってもきっとこの人は私を守ってくれる！」と感じるに違いないと思っているのだろうか。なんていうか、人間ってもうちょっとだけ文明化された生き物じゃなかったっけ。もちろんその人の身体はその人自身のものなので、好きに鍛え上げたらいいと思うけれど、私は別にその鍛え上げられた身体を見たくないので、小麦色の肌が目に飛び込んできた瞬間に左スワイプしている。クジャクのオスがメスに向かって羽根を広げて、自身の模様の立派さをアピールする求愛行動の人間版みたいなものなのかなと思ったので、クジャクと名付けた。

●コミュマグロ

性行為において、市場に並んだマグロのようにベッドに横たわり、完全受け身の体勢をとり続ける人のことをマグロと呼ぶが、マッチングアプリのチャットにおいても、自分から何か提案したり行動を起こす気が一切なく、「どうしますか」「何しますか」「いつがいいですか」などとこちらに主導権をゆだねてくる人は存在する。おそらく若い女相手のときにはそういう態度はとっていないのだろうなと思い、「こっちはおまえみたいな女を相手にしてやってるんだからな」というメッセージを読み取ってしまう。

●ヴァイブス

自己紹介欄に「波動」とか「波長」とか「運気」とか、あとはもうちょっとカジュアルなところだと「出会いに感謝」とか書いてある人のこと。なお、英語話者の人の自己紹介欄には「Good Vibes Only」と書いてあった。グッド・ヴァイブス・オンリー。声に出して読みたい英語である。

●Mr.ありのまま
友人や恋人が撮ってくれた写真が手元に一枚もないのか、自室で適当な部屋着と寝ぐせ頭で自撮りした、ありのままのピンボケ写真をアップしている人が一定数いる。自己紹介欄に「他人を見た目で判断しない女性と出会いたいです」などと書いてあるが、私の経験上、そういうことを書く彼らは一〇〇パーセント女を見た目で判断している。金髪＝遊んでいるとか、黒髪＝清純とか。

その他にも、【アー写（タレントのアーティスト写真のようなキメキメ写真をトップにしている若い男。多分ママ活か勧誘）】、【カメラロール（とりあえずカメラロールにある写真をアップしている人。家系ラーメンやゲーム画面等の写真多し）】、【コスパ厨（最小限の労力で女と会ってセックスすることに生きがいを見いだしている男。多分オンラインサロンをやっている)】、【今日も一日（「今日も一日がんばりましょう」「今日も一日お疲れさまでした」などの一切中身のない文字の羅列を毎日送りつけてくる人)】などがいる。

うまく入眠できない深夜二時、暗闇の中で頭上のスマホに手を伸ばす。強すぎる画面の光に目を細め、くそだサいアイコンのアプリを立ち上げる。右へ左へスワイプしたり、チャットに文章を打ち込んだりしながら、いつの間にか私はスピッツの「名前をつけてやる」を口ずさんでいる。日常生活では滅多にお目にかかれない不可解な現象に、私が、名前をつけてやる。名前をつけることで、自分が何に違和感を覚えるのか、自分が何を求めているのか、言語化できるようになる。ああこのパターンね、と判断できれば、違和感に目をつむって無理に関係を築いていこうとせずにさっさと見切りをつけられるし、自分がないがしろにされたと感じても、後で友人に話して一緒に笑い飛ばすことができる。

学生時代も友人たちと、各々の好きな男やセフレや変な同級生にあだ名をつけて情報共有していたものだ。こういうことを書くと「女って陰険だな」と言い出す人が出てきそうだけれど、別にこの名づけ行為は女性同士に限った話ではない。大学三年のとき、学校帰りにちょっと気になっていた男の子と一緒に早稲田松竹で『JUNO』と『ゴーストワールド』を観た（素晴らしい二本立てだな）ことがあった。後日、彼が友人たちとやっていたラジオ番組をこっそり聴いてみたら、自分が【早稲田松竹】というあだ名で呼ばれていたのでなんだか感慨深かった。感慨深かったけれど、その彼とどうにかなることはなかった。誰かに変な名前をつけてフォルダに分類してしまうと、もうその人自身のことをより深く知っていくことはできなくなってしまう。だから、この人のことをもっと知って関係を築いていきたいなと思う人には、私は変な名前をつけない。当たり前だけど。

某アプリ利用開始からしばらく経つと、どうやら自分はこういう人のことをいいなと思うらしい、というパターンも少しずつ見えてきた。自己紹介欄で、丁寧かつ堅すぎない文章で自分がどんな人間かを伝えようとしている人。最初に送ってくるチャットがコピペ（例：「雰囲気めっちゃタイプです〜一番仲良くしてください！」）でなく、こちらのプロフィールの内容に触れてくれている人。ピンボケ自撮りでもなければ隣に女性が見切れている顔写真でもなく、旅行先の美しい自然の中で撮った写真をアイコンにしている人。チャットの文章のやりとりの中で共通点を探して、一緒にデートのプランを立てられる人。

さらにいえば、アプリでの出会いにおいて、「いいなと思う」を飛び越えて自分が何に強く惹かれるのかもわかってきた。わかってきてしまった。私が強く心惹かれるもの、それはその人の自宅本棚の写真である。村上春樹作品の女性蔑視的な表現をスルーできてしまうような人となんか絶対に付き合いたくないと思うのに、村上春樹のタイトルがぎっしり並んだ本棚の写真を見かけたらＬＩＫＥせずにいられない。馬鹿かよ。萎かれるどころか、本棚の写真を見ただけで自分がわりと欲情できるらしいことに気が付いて引いた。はっきり本のタイトルが見えないくらいにぼやけているとなおよい。ＡＶのモザイクみたいなものだろうか。本当に愚かだなあと思う。本棚と寝るわけじゃないのに。その人の本棚がその人自身を表しているわけじゃないのに。

まあ私のような女が一定数いるからこそ、筋肉アピール系のクジャクだけでなく、こういう文化的なクジャクが出現するのだろう。わかっていても引っかかってしまう。そして、そういう文化的なクジャクはチャットの文章の内容もしっかりしているし、こちらへの気遣いもにじませてくるし、三点リーダをちゃんと二連続で打っていたりするから、それでさらに欲情してしまうのだ……。

そんなわけでアプリを使い始めて、日常生活では出会わないような人と連絡を取ったり会ったりするようになったのだけれど、今のところ幸いなことに、いいなと思う人と会ってみてひどくがっかりしたり、勧誘をされたり、危険な目に遭ったりしたことはない（向こうはこちらにがっかりしているかもしれないが）。突然連絡が来なくなったり、急に失礼なことを言われたりしてショックを受けることはある。けれど、自分が相手を傷つけていることももちろんあるだろうし、それは日常生活の中で出会った人と関係を築いていく場合でも同じだから、気にしないようにしている。

かといって私が、奔放に自由にアプリでの出会いを楽しんでいるか、といえばそういうわけでもない。あれ、私はこんなに臆病な人間だったのか、と痛感することがすごく多い。ひとりで生きていくぞ、と思えていた頃と違ってなんだかいつも不安だし、ずっと心の片隅で小さくいらいら、そわそわしている。そのくせ、誰と会っても帰りにはひとりで飲みなおしてしまうし、会ってみていい人だなと思っても、また会うのはちょっと面倒くさいと思ってしまう。

マッチングアプリの出会いでも、一目惚れという言葉を使うのだろうか。ある人のプロフィールで、壁一面本棚と本人らしき人物が一緒に写った写真を見て、心を射抜かれてしまった（晴れてその人とマッチングしたら、最初のチャットでいきなり「早乙女ぐりこさんですか？」と訊かれ、よもや知人かと思ったら自著の読者だった。世間が狭すぎる）。長いチャットのやりとりを経て、ついにその人・Nさんと会うことになった。

その日は新宿ピカデリーで映画『バービー』を観た。神楽坂に移動して、ル ブルターニュでそば粉のガレットを食べてコーヒーを飲みながら居酒屋の開店時間を待ち、その後、台湾居酒屋、タイフートウキョウで台湾のクラフトビールを飲んだ。ピカデリーのフードカウンター脇で対面した瞬間は、写真では生やしていなかった無精ひげに驚いたけれど、私に送ってきてくれていた文章そのままの、慎重で穏やかな話し方をする人で、いいなと思った。一緒にいる時間は楽しくて、私はこの人のことを好きになるかもしれない、と思った。

それなのに、飲みながらあれこれ話しているうちに、うっかり、「この人、なんだか元夫と似ているなあ」と考えてしまった。分類してしまった。Nさんのことを好きになるかもしれなくて、だからまた会いたいし、もっともっと知っていきたい。でも、その箱に入れてそのラベルを貼ってしまったら、もうそこから取り出せない。身動きが取れない。

解散した後、家の近所の飲み屋でひとり、ハイボールを飲みなおしながら、肩が小さくふるえてくるのを止められなかった。真夏で汗だくなのにひどく手足が冷たかった。名前をつけてやるとかいって面白がって、他人とちゃんと向き合ってこなかったバチが当たったんだと思った。

Nさんが私という人間のことをどう思っているかが、徹頭徹尾わからなかったことも不安を加速させた。同じ言語で話していた。世間話のような表面的な話ばかりしていたわけでもなかった。それなのに全然わからなかった。態度で示していたのかな。全てのことはメッセージだと思っていたのに、私にはそのメッセージのヒントさえ読み取れなかった。読み取れる、わかる、なんて思い込みがそもそも傲慢だったのかな。ああ、そうだった。人と人はわかりあえないんだった。

「厄介な酒飲み」でも「ガサツな人間」でも「とりあえずキープ」でも「なんか違った」でもなんでもいいから、私はNさんに私を評価してほしかった。私の書いた本を何冊も持っていて、noteの日記も読んでいて、私がよく行く店も、持ち家を手に入れたことも知っているなら、その文章を読んでどう思ったのかを伝えてほしかった。

「なんで私が早乙女ぐりこだってわかってて、部屋を全然片づけられないのとかも知ってるのに、LIKEしたんですか。珍獣的な意味の興味ですか」

Nさんは答えた。

「……部屋の汚さとか、きっと、本に書かれている以上のやばいものは出てこないんだろうと思って。それに、書かれたものと本人がどう違うのか知りたかったから」

結局、私の書く文章と私自身はどう違ったんだろう。教えてくれ。馬鹿にしたみたいな変なあだ名をつけてでもかまわないから。私の書いたものがどんなもので、私という人間がどんな人間なのか、あなたの見立てを教えてくれ。私の存在を規定してくれ。そうでなければ、私はあなたにこれ以上近づけない。一歩も動けない。

楽しかったとかもっと知りたいと思っているのは私だけで、彼にとっては、評価する価値もないほど、無の時間だったのかもしれない。あるいは、自分が相手に評価を下すのは失礼だと思っているのかもしれない。でも、まったくフィードバックがなされないなら、ひとりで過ごしているのと同じじゃないかと思ってしまう。ひとりで過ごしているのと同じなのに、その人とふたりでやりとりした膨大なテキストはスマホに残っていて、その日ふたりで過ごした時間の記憶がたしかにあって、その時間が楽しくて幸せだったから、柄にもなく「ふたり」がずっと続けばいいと思ってしまって、そのせいで、今、私はひとりでこんなにさみしい。

また会いたいと伝えても、楽しかったと伝えてもそれには応答しないのに、アプリからLINEに移行しようなんて提案しないで。LINEにヤマシタトモコのおすすめ漫画のリンクを貼らないで。私を宙ぶらりんの状態にしておかないで。ラベルを貼って分類する手間さえも惜しんでいるなら、今すぐゴミ箱に捨ててほしい。

思えば、小学生の頃から一貫して、私が親友と呼べるくらい仲良くなるのは、学年でトップクラスに頭がよくて明るくおもしろい女の子だった。大学に入ったら、周り中みんな、そういう女の子たちだった。彼女たちと自分を比較して落ち込むほど無意味なことはない。嫉妬なんてこの世で一番醜い、恥ずべき感情だと思っている。私が彼女たちにコンプレックスを抱いて卑屈になってしまうような人間だったら、きっとみんな私から離れていっただろう。彼女たちの隣にいるのにふさわしい人間であるために、私はいつだって自分に「私は私」と言い聞かせ、数少ない自分の長所を大事に育て、自分の意見をしっかり持ち、マイペースに過ごそうとしていた。大人になってからはずっと、「私（たち）を勝手に枠にあてはめるな」ということを言いたくて、文章を書いて本を作ってきたような気がする。

私は私。私には自分で自分に与えたペンネームがある。人生の半分近くの年月、その名前で文章を書き続けてきて、その名前で商業デビューする。

それなのに、そんな大事な時期なのに、よりによってなんで今こんなに、誰かに自分の存在を規定してほしいと、誰かに名付けてもらわないと一歩も前に進めないと思ってしまっているんだろう。誰に評価されなくても、自分は自分のままでいいんだと、どうしても思えない。自分で自分の存在を認められないことは、すごく悲しくて、不安で、苦しくて。私が恋愛をうまくやれた試しがないからよくわかっていないのかもしれないけれど、人を好きになるって、誰かと一緒に生きていきたいと願うって、こんな絶望的な、孤独の断崖に叩きつけられるような思いをしないといけないことなんだっけ。

マッチングアプリを始める前、容姿や年齢でジャッジされて傷つくとか、チャラ男にヤリ捨てされるとか、勧誘や詐欺に遭うとかは半ば覚悟していた。でも、こんな苦しさは想定外だった。悲しくて、不安で、苦しくて、それを紛らわすために他の人と連絡をとったり、変なプロフィールの男に変な名前をつけて遊んでみたりするけれど、それで心が満たされるわけもなくて。

私は、人生をともにするパートナーがほしいなんて考えるべきではなかった。マッチングアプリなんか全然向いていなかった。友人たちが誰ひとりそれを私に勧めてこない時点でそのことに気づけばよかった。気づかずにうっかりそれに手を出したせいで、こんなひとりよがりの苦しさを勝手に背負いこんでいる。

それでも私はそのアプリをまだ退会できずにいるし、好きになりかけている人からのＬＩＮＥを、一日中、待ってしまう。

ハローグッバイ

ほしいと思ったものにためらいなく手を伸ばせる自分が好きだ。今日の自分が好きなものを手に入れるために、昨日まで大事にしていたものを手放すのはまったく惜しくない。

　私は欲張りで自己中心的な人間だから、これまでの人生で、何としても手に入れたいと思ったものはいつだって最速で手に入れてきたんだよ、手に入れるべきか迷ったり、手に入れることを先延ばしにしてしまえるものは、それほどほしくないってことなんだと思うの、と隣にいる人の目を見ながら伝えてみたら、その人は照れながらワイングラスをくるくる回転させていた。

　新しい季節が始まる。私が私の人生の選択に丸をつける。そのときにこの人が隣で見守ってくれていたらすごくうれしい。

九月二三日（土）
　起床。昨晩は、友人T氏と和食と日本酒のペアリングのお店に行って、二軒目はいつものタイ料理屋でたっぷり飲んだ。けれど、顔のむくみはそれほどでもない。冷蔵庫を開けたらキムチしかなかった。冷凍ごはんと一緒に食べる。

今日から三連休でうれしい。買ったばかりの『寺山修司全歌集』をぱらぱら読む。それから洗濯、掃除。洗濯機を回している間に、毎日一篇ずつ読んでいた『palmstories　あなた』、最後の一篇の大崎清夏を読み終えた。

シルバーのぎらぎらしたスカートに黒のニットを合わせ、パールと黒蝶貝のネックレスをつけて手の爪をディオールのコロールで塗る。派手にやっているけれど、今日の行き先は「ちょっとしたパーティー展」だからまったく問題ない。祐天寺に向かう途中に、まやたんから一時間遅れるとLINEが来たので、ふしぎちゃんとふたりで喫茶店に入って時間をつぶすことに。Googleマップを頼りにめぼしいカフェを探しながら歩いたけれど、休業日だったり店が見当たらなかったり。やっと見つけたコーヒー専門店は客席が数席しかなくて満席で断られてしまったけれど、テーブル席にいたショートカットのお客さんがカウンターに移動してくれたから入れた。優しい。私は深煎り、ふしぎちゃんは中深煎り。真っ白いカップとソーサーのセット、波のようなソーサーの形が美しい。

お互いがこの夏受けていた、青山ゆみこさんの「あなたの『話』を聞きます」講座と「あなたの文章を読みます」講座の話をする。そして、私たち、この年齢になった今だからこそ敢えてベタなことをやっていったらいいのでは？と話す。私は、最近はもう、自分が誰かに痛い人と思われても別にかまわないという気持ちになってきている。

駅に戻ってまやたんと合流して、ちょっとしたパーティー展をやっているアクセサリーミュージアムへ。閑静な住宅街の中を歩いていく。今日はかなり涼しくて風もあるから、カーブの多い上り坂もつらくない。

ちょっとしたパーティー展は、パーティーっぽい恰好をしていくと入場料が一〇〇円引きになるということで、受付のお姉さんは「みなさん、パーティーっぽいおしゃれをしてきてくれましたよね」と言って三人全員一〇〇円引きにしてくれた。このミュージアムはもともと田中さんという人の邸宅で、実際にこの建物の一階ホールではちょっとしたパーティーが度々催されていたらしい。セレブ！ご来場の皆さんにもちょっとしたパーティーの楽しさを知ってほしい的な説明がなされた。本物のセレブなパーティー会場を目の前にして、「私たちも定期的にちょっとしたパーティーをやっているんです！」と伝える勇気はちょっと出なかった。

特別展の各ブランドのパーティードレスもすてきだったし、常設の年代別のアクセサリーを見るのも楽しかった。この中でひとつだけ持ち帰れるならどのアクセサリーにする？と真剣に話し合う。私は七宝焼きやアンティークガラスのカラフルなネックレスに心を奪われた。あとはでっかい蜘蛛の形のストラスブローチ。

展示を見終えて電車で一駅先の学芸大学へ。私が先日行ったすてきな純喫茶、平均律でお茶したかったのだけれど満席だった。歩いて探して見つけたクレープ屋兼カフェバーのような店に入る。Googleマップは本当にあてにならん。

私は甘いものの気分でなかったので、ツナマヨクレープ（S）とアイスティーにした。グラスにくるんと盛られたクレープはブーケみたいだ。

まやたんは大分土産といって、花柄のぱりぱりの袋できれいにラッピングした大葉胡椒と粒マスタードの瓶詰をくれた。重いのにありがとう。それぞれ近況報告をして、まやたんが急遽こちらに帰ってきた事情も聞いた。

結婚や出産をした友人と会うとき、相手から話を振ってもらうまで自分の恋愛について話せない。多分、堅実に仕事や家事や育児をして暮らしている人に自分の浮ついた話を聞かせることに、なんらかの引け目を感じてしまうんだと思う。今日は、まやたんが話を振ってくれたので、某マッチングアプリの話をいろいろさせてもらった。「私たち付き合ってるのかな?」って確認しないと一生付き合おうと言ってくれなそうな関西男子のこと、写真や文章がすごく好みでマッチングした相手が自著の読者で驚いたことなどなど。

それにしても、まやたんの話の振り方が「そういえばぐりこ、最近出会い系アプリの方は……」だったので笑ってしまった。出会い系アプリっていつの時代!

一七時過ぎに解散し、一度帰宅してシャワーを浴びた。化粧は落とさず、ブランエトワールのフェイスバターで顔をぺたぺたなぞってから粉をはたき直す。思ったより白くなってぎょっとしたけれど、濃い赤のリップモンスターが映えるからまあいいか。ちょっとしたパーティーにしか着て行けなそうなシルバーのスカートを脱ぎ捨てて、この夏ずっとアプリ経由の人と初めて会うときに着ていたアニエスベーのワンピースに着替える。白地に赤いダリアの花柄はよく目立つ。

一九時ちょうどにクラフトマンに着く。店前に現れた緑のアロハシャツのその人はシンと名乗った。ヒールを履いた私がぐっと見上げないと顔がわからないくらい背が高い。

カウンター席に着いて、数十種類もあるクラフトビールの表を真剣にじいっと見つめる、シンくんの横顔を眺める。私はメニューでもなんでも、ぱっと見の直感で決めてしまう。

好きな食べ物を訊くと、じゃがいもが好きだと言う。ここのフライドポテトはからっとして油っこくなくて、マヨソースが三種ついてきておいしいので、それを頼むことを提案する。あとはシーザーサラダと真鯛のカルパッチョを注文した。

この夏はアプリ経由でいろんな人と会ったけれど、私が自分の職業を話した途端に、私がいる業界の批判をされたり、その仕事について滔々と持論を述べられることが多くていい加減うんざりしていた。シンくんはそうでなくて、私の話をちゃんと聞いてくれたのでとてもうれしかった。こんなきれいな人がいる職場は最高だなあ、などと言うので、そんなふうに誉められ慣れないのでお世辞でもうれしいです、と返したら、お世辞ではない、自分は本当に思ったことしか言わないと熱弁された。その後、うちの職場にはびこるミソジニーの話をぽろっとこぼしたら、自分のことのように怒っていた。いい人だなーと思いつつ、それが周囲の人が驚くような大声だったのでちょっとだけ気恥ずかしくなる。アプリの写真や自己紹介文の印象から、チャラい遊び人のお兄さんが来るのだろうとばかり思っていたので、なんだかとても意外だった。

お互いに、なんと呼んだらいいか確認し合う。下の名前呼び捨てでいいですよ、と言ったら、しばらく後で不意に名前を呼ばれ、思わず顔を覆ってしまった。自分で言っておいて恥ずかしくなった。

もう一軒飲みに行くことになり、HUBの亜種みたいな店に入る（系列店だった）。

大学に入りたての頃の世間知らずな私が、高田馬場のHUBが日本で一番おしゃれなバーだと思っていた話をする。それからシンくんの過去の恋愛話など聞きつつ、適当なハイボールを二、三杯飲んだ。レジ脇に積まれている針金のように細い揚げパスタを買ってきてつまむと、しょうもない学生時代を思い出す。

　閉店間際に店を出て、出たところで抱きしめられる。身体を折り曲げるようにして私をくるみこんでくるその腕の中で、ああ本当に背が高いなーと思う。こんなに背が高い人とくっついたことない。首筋からいい匂いがする。ブルガリだって。通りすがりの人にいいなーああいうの、と言われて恥ずかしい。いい歳して学生みたいなことしていてすみません。

　駅前で終電あるないみたいなありがちなやりとりをしてから、駅の反対側のホテルへ。

　ドンキで氷結のロング缶を買ってから行く。なんでしこたま飲んだ帰りってコンビニとかに吸い込まれてロング缶買っちゃうんだろうね、と一軒目の店で言い合った伏線をさっそくふたりで回収する形になって笑った。

　シャワーを浴びてベッドに入る。シンくんにくっついていると、不安や疲れが身体から抜けていく感じがしてめちゃくちゃいい。安心する。アロハを脱いだら思っていた以上に痩せ型だった。私は男の人の筋肉より骨に欲情する。鎖骨から肩の骨にかけてのラインがすごくきれいで思わず触らせてもらう。てのひらと指の先で交互にうっとりなぞる。やばいな。この人が死んだら骨を拾いたいなとばかみたいなことを思う。死ぬまで一緒にいてくれないかな。いつの間にか眠りについていた。

　私がいつ目を覚ましても、シンくんは起きてこちらを見ていた。私はその都度ぎゅーっとしがみついてからまた眠った。

九月二四日（日）

　ねえ私シンくんのこと好きになりそう、と言ったら、俺はもう好き、大好き、と言われ、じゃあ付き合う？と訊いたら、俺は付き合いたい！と間髪入れずに言われる。相手の出方を窺うことなく、自分の思いを迷いなく相手に伝えられるこの人のまっすぐさが私にはとてもまぶしい。会ったばかりなのに？　私のこと、どんな文章書いているかもどんな人生送ってきたかも何も知らないのに？とちらっと思うけれど、今は付き合いたいと言ってくれてうれしい気持ちに全身を浸してしまいたい。

　氷結ストロングのロング缶は二本とも半分くらい残っていた。ふたりで一本しか買わなかった麦茶は空っぽになっていたので、部屋にあったミネラルウォーターを飲んだ。自分が飲む前にこちらにキャップを外して渡してくれるこの人は多分きっとすごく優しい。

　LINEを交換して初めて本名を知る。

　外に出たら秋の空気に包まれて戸惑いをかくせない。昨日も涼しかったけど今朝の方がもっと涼しい。朝を迎えた歓楽街のがらんどうな感じに心をがくんと持っていかれそうになったところでぎゅっと手をつながれて、ああ、となる。もうひとりじゃないと思っていいのかな。私はさむいとさみしいをすぐ履き違えるから、だんだん寒くなっていくこれからの季節を一緒に生きる人ができたならそれはとてもうれしい。

　信号変わらないといいのにね、と言い合う。駅前で交通量が多いこの大通りの歩行者用信号は赤が長い。でもやがて青に変わる。

　朝の光の中で見上げた横顔は、昨日会ったときとは打って変わってむくみと疲労が色濃かった。きっと私の顔もそう。もう、きれいだって思わないんじゃない？と意地悪を言いたくなるけれど言わない。

つないだ手を離して、短くキスをしてからひとりで信号を渡る。意識して背筋を伸ばして歩く。渡り切って振り返ってみたらシンくんはまだこちらを見ていて、大きく手を振ってくれた。そんな人はマッチングアプリ経由で会った人の中にはひとりもいなかった。私だってこれまで一度も、振り返ろうと思わなかった。あの果てのない砂漠のようなアプリの世界で、私はよくこんな幸せを見つけたなと思う。先週の誕生日前後は必死だったからな。必死でスワイプしすぎて、最終的になんの共通点もない数千キロ先にいる外国籍の人しか表示されなくなったからな。


帰宅して風呂に入る。今日の着物読書会の課題本である幸田文『きもの』を慌てて読みなおすけれど、全然頭に入ってこない。

出発三〇分前になって、急いで化粧。くすみピンクのペイズリー柄の江戸小紋を、黒いレースのつけ襟がついた肌襦袢の上に着て、黒地に桃と灰の直線模様が入った半幅帯をかるた結びにする。出かけにもたついて、読書会開始から一〇分遅れで江古田の百年の二度寝に到着した。

読書会の参加者は五人。みんなもちろん着物で来ていて、華やかで楽しい会だった。朝帰りして課題本をちゃんと読みこめなかったせいで思いつきの雑な感想を言ってしまう。でも着物についての話や幸田文の文体についての話もできてとても楽しかった。

読書会が終わって、作田優さんを迎えに江古田駅に向かう。初めましてのご挨拶。今日はこれから一緒に書店巡りをする約束をしている。

百年の二度寝に案内してから、池袋で東武東上線に乗り換えてときわ台の本屋イトマイへ。レジで鈴木さんに、「先週のハロプロはどうでした？」と声をかけてもらう。最高でした！

池袋で炭火焼珈琲 蔵に行ったら満席だったので、北口の伯爵へ。こちらも満席だったけれど待つことに。空いている純喫茶ってもう東京には存在しないの？やっと席に案内されて、空腹だったのでピラフとコーヒーを頼んだ。

自分の作品を読んでくれている人に初めて会うときはいつも、著者である私本人にがっかりされないか不安だ。作田さんは目がぱっちりと大きくて、こちらをじいっと見つめて話すので、なおさら自分のだめさが見透かされそうでどきどきする。お土産にと、加賀雪梅と金沢百万石ビール、それから鶏みそ鍋の素もいただく。お土産の話が出る前に、私が、自宅で酒を飲むと飲みすぎて落ち込むから最近あまり飲まないようにしている、と言ったので気にさせてしまった。落ち込むのはきっと夜のせい、という話になり、いただいたお酒は昼間明るい時間に太陽の光を浴びながら明るい気持ちで飲みます、と約束した。

書店巡りのトリは機械書房へ。JR水道橋駅で出口を間違えて、大荷物の作田さんを一〇分ほどよけいに歩かせてしまう。東京案内役失格である。店主の岸波さんが機械書房のビルの外で待っていてくれて、それも申し訳なかった。

東京駅まで作田さんを送って別れる。このときまで作田さんは、長旅で疲れているはずなのに私へのお土産を自分で持ってくれていた。優しい。寝不足なはずだしたくさん歩いてもいたけれど、いい一日だったから疲れも眠気もほとんど感じなかった。それでも二二時頃には寝る。

九月二五日（月）

休みなのに七時頃ぱっと目覚めた。八時からのキックボクシングのレッスンへ。朝レッスンはめったに出ないのでインストラクターは知らない先生だった。先生がプロボクサーっぽくしゅしゅしゅっと細かく動くので、私も真似して動いたらちょっとうまくなったような気になった。気のせい。

帰りに東急ストアで食材を買っている最中に猛烈な便意に襲われ、駅の地下通路のトイレに駆け込んだ。間に合ってよかった。

帰ってシャワーを浴びて洗濯機を回す。ポール＆ジョーのパジャマの色が移ったのか、一昨日（から昨日の朝にかけて）着ていたワンピースがところどころ黄ばんでいた。ものすごく気に入って買ったワンピースだったけれど、この夏アプリの人に会うのにひたすら着ていたから元はとったな。捨てるかどうするか。もうアプリ活しないかもしれないからいらないかも。

冷凍していた塩むすびと焼いた厚揚げを順番に食べる。原稿の下書きをしながらＣｈａｒａの「ラブラドール」「私はかわいい人といわれたい」を聴く。「ラブラドール」なんて元夫との結婚式でも流したしペンギン氏と付き合った時にもひたすら聴いたけれど、まあ別に曲に罪はないし。

それから、アプリで出会って最近よく会っているＫ太くんが好きと言っていたボン・ジョヴィを流す。これはもう聴くことはないかな。ボン・ジョヴィに罪はないけれど。

昼過ぎ、Ｋ太くんが関西出張から帰ってくる。品川着いた、ただいま、とＬＩＮＥが来て、へえ、そこは「ただいま」なんだなあと意地悪な気持ちになる。いったん帰って荷物を置きたいと言われ、それならと夜ごはんを一緒に食べることに。時間ができたので、美容院を当日予約して慌てて出かける。

トリートメント終わり、担当のMさんに彼氏ができたよーと報告した。それを報告したくて今日来たようなものだ。しかしこのくだり、ちょうど八か月前もやってるんだよな。デジャブ。新しい彼氏がどんな人か訊かれて「Mさんにちょっと似てるかも。その人といるとMさんと話してるときみたいな気持ちになる」と言ったら、「それはハッピーになるってこと？自分で言っちゃうけど！」と言われ、そうそう、本当にそうなの、と返しながらちょっと泣きそうになる。

一七時半に品川駅でK太くんと待ち合わせて、港南口の韓国料理屋、とうがらしへ。

ビールを飲んでチョレギサラダを食べながら、いつものように、今度写真撮りに行こう、とか、次大森湯行ったら梅屋敷で飲もう、とか、スキーなら俺が教えたるわ、とかいろいろ言われて気まずい。この人がいつもこうやって、一緒にあれしようこれしようと言ってくれるのがうれしかった。全部一緒にやっていきたかったな。朝一で草加健康センターに行ってサウナの後に食堂で待ち合わせてオムライスと餃子をたらふく食べてビール飲むのとか、中華街で池波正太郎行きつけの店巡りするのとか。

大きな鉄板で運ばれてきたサムギョプサルを、葉っぱで巻いて食べる。先週、サムギョプサルが食べたいねーと言い合って、それで今日こうして食べに来た。けれど、今後これ以外の約束が果たされることは二度とない。私に、他にかなえたい未来ができたから。

K太くんは、一緒にあれしようこれしようと言って約束してくれるのに、付き合おうの一言は決して言ってくれなかった。その一点が、私の心を貫く大きな穴になっていた。

飲みながらなぜかドラマ『北の国から』の話になった。K太くんは大学時代、『北の国から』にハマって、大学図書館にリクエストを出してドラマを全話入れてもらって、彼女が変わるたびに富良野に連れて行っていたらしい。うちは両親が北海道好きで北海道で出会って結婚しているので、私は『北の国から』の再放送を子どもの頃にしょっちゅう見せられていた。

……なんでもう二度と会わない人と『北の国から』の話で盛り上がって田中邦衛のモノマネで爆笑してるんだろ。

サムギョプサルの豚肉がなくなったので、サラダを葉っぱで包んで食べる。葉っぱの共食い。

チャプチェと韓国海苔を頼んで、それを食べ終えて、二杯目のハイボールがなくなりそうになったタイミングで、私はやっと切り出した。

歳も歳だからって言い方は好きじゃないし、年齢を自分の行動の理由にしたくないけど、私は今、ひとりの人とちゃんと付き合いたいと思ってて、できればそのひとりとずっと一緒に生きていきたくて、そういう相手を探してあのアプリ始めたんだよね。友達はいっぱいいるし、アプリでいろんな人と会って自分の世界を広げるとかぶっちゃけ興味ないんだ、そういう考え方の人を否定するわけじゃないけど。

うん。

それでね、こないだ彼氏ができたからK太くんとはもう会わないわ、これが最後。だから、草加は悪いけどひとりで行ってきて（笑）。

おめでとー！　よかったやん、ほな幸せにな、という感じであっさり解散になると思ったら、涙目でじっと黙られて唖然とする。私と付き合おうとしない男って、なんで私の方から離れようとするとみんなこうなるの？

しばらく時間が経ってから、「今日もうやけ酒するわ、明日会社行けへんかも」と言われる。私が去っていくわけないと思ってたんだろうな。好きな感じ出してたし。実際、付き合いたいと思ってたし。謝る理由もないのに、ごめんねと謝りたくなる。別に、あなたの仕事が忙しくてなかなか会えないのがさみしかったとかとかそういうんじゃないよ、と言った。

お会計は八八〇〇円。いつもは奢ったり奢られたり適当にやっていたのに、ほな四四〇〇円な！と言われ、笑いながら、まあもう二度と会わないってそういうことだよな、と思う。割り勘は割り切ること。

この後どうする？と訊かれる。最後にセックスしよ！とか私が言うと思ったのかな。そこに未練ないからしないよ。行為自体より、終わった後に手つないで寝てくれたのがよかったな。あと、寝相がよくて寝息を全然立てなくて、死んでるんじゃないかと思うほど静かに眠るところも。でももう全部過去形だ。

もう一軒飲むなら付き合うよーと言って、その代わり新しい彼氏のことめっちゃ惚気るけどいい？と笑う。

K太くんにとても感謝していることがある。初めて会ったとき、お互いサウナが好きだから駒込のサウナロスコに一緒に行こうという話になった。私が、直近の元彼に駒込のマックでナゲット食いながら振られたんだよね、という話をしたら、ほんならロスコの前に一緒にそのマックにトラウマ克服しに行こうや、俺振られる役やったるわ、と言ってくれた。次会ったときには本当に駒込のマックに行った。私は付き合ってもいないK太くんに、「もう好きって気持ちがなくなっちゃったんだよね」と自分がペンギン氏に言われた言葉をそのまま投げつけて、バーベキューソースのナゲットを食べながらふたりでげらげら笑って、びっくりするくらい気持ちが軽くなった。あれは本当にありがたかった。でも、ナゲットはやっぱり全然おいしくなかったからもう一生食べなくていいや。

二軒目は適当なハイボール酒場へ。なんか申し訳ないから奢りますよ、と言って、私はなんちゃら一〇年の高いの、向こうはニッカのを頼んだ。隅の狭すぎる席に案内されて、どうしても後ろの席のリーマンと背中がぶつかる。こんなときシンくんだったらきっと、席代わろうって言ってくれる。

ハイボールが運ばれてくる。K太くんは、付き合おうってそろそろ言おうと思ってた、年下からぐいぐい来られるのいやかなと思ってた、と言った。前の彼氏が二〇代だったから、あんまりK太くんが年下とか意識したことなかったなー、と返したけれど、私が自分の年齢と離婚歴を気にして、自分から付き合いたいと言い出せなかったのは事実だ。若造が「こんなおばさんにがっついてると思われたくないな」と思うとき、おばさんもまた「こんな若造にがっついてると思われたくないな」と思っているのです(深淵理論)。

それにしても、おはようからおやすみまで仕事中以外ひっきりなしに連絡してきて、「誰と飲むん?デート?」とか「泊まっていい?」とかさんざん言ってきといて、ぐいぐい来られたらいやかなと思ったとか、何をいまさら。

私とは遊びで、名古屋の家の方に、長く付き合ってる彼女とか、奥さんとかいるのかなーと思ってたんだけど違うの？

そんなんおらん。

じゃあ付き合ってって私が言ったら付き合ってた？

……うん。

乾いた笑いしか出ない。それなのに付き合おうって自分から言わないのをキープっていうんだよ！おまえ今キープがいなくなってさみしいだけだろ！

この人と一緒にいたら、楽しいときはめいっぱい楽しさを共有できるけれど、きっと、たとえば身内が死んだりとか、私が病気になったりとか、なにかですごく悩んだり落ち込んだりとか、そういうときにはスルーされるんだろうなと思っていた。先週の私の誕生日も前もって伝えていたのに、当日忘れていて何も言ってくれなかった（この人がおめでとうと言ってくれなくて、私はさみしくて誕生日なのにアプリでひたすらスワイプして、それでシンくんを見つけたんだった）。

私が来月出張で沖縄に行くと話したとき、K太くんは「お土産買ってきてよ」と言った。じゃあ沖縄の離島でラム酒を買ってくるから家飲みしようという話になっていた。それなのに、自分は出張帰りの今日も、当たり前のようになにも買ってきてはくれなかった。多分そうだろうなあと予想はしていたけれど。

子どもふたりと自分の荷物でいっぱいのはずのスーツケースに、大分土産の瓶詰を入れてきてくれたまやたんを思い出す。本を買いに東京に来るのだからどんどん荷物が重くなるのがわかっているのに、たくさんお土産を用意してくれて、私と別れる直前まで私に渡さず自分で持っていてくれた作田さんを思い出す。浅沼シオリさんが、ついこの前、「お土産をあげたりもらったりするのは愛」とツイートしていた。本当にそうだ。

Ｋ太くん多分そういうとこだよ。言わないけれど。

そういうとこだよって思ってないとちょっと泣きそう。

彼氏の写真見せえや、と言われて、やだよーテ×ンダーの写真しかないもん！　と言って笑った。とりあえず、彼氏めっちゃ背高いの、と惚気ておいた。意地が悪い。私は、私と付き合わなかった全ての男に復讐したいのかもしれない。

俺も新しい子探さなきゃなあ、と言うから、よし一緒に探そうと返すと、俺無料会員で、名古屋でめっちゃＬＩＫＥしたから今日はもうできひん、と言われ、ほらやっぱり私がいても他の子探してたんじゃんと思う。まあお互い様だけどね！

店を出て、品川駅でＫ太くんと別れる。癖でつい、じゃあまた、と言ってしまう。じゃあまた、と言って別れて二度と会わなかった、アプリ経由で出会った何人かのことをちょっとだけ考える。もう顔も思い出せない。

ＪＲの改札を通り過ぎたところですぐにＫ太くんのＬＩＮＥを消す。登録していたアプリは、今度シンくんと会ったとき一緒に退会しようと思う。

あげはさんとＬＩＮＥ。「彼氏できた」と送ったら、「ぐりこの本の読者と関西男子どっち？」と即返事が来て笑う。どっちでもないです。今日のＫ太くんの話をして、「なんでこういう人ってこっちが離れた途端に未練がましい感じ出してくるんだろうね」と言ったら、「未練出すくらいなら可愛い・好き・付き合おうをちゃんと言えと！」と返ってきて、それな、と思う。アプリの出会いなんてなんの確約もないんだからそこをちゃんとしてくれなかったら一生不安じゃんね。無理。

「私は、好きだと言ってくれた人に誠実に向き合うのがいいと思いますよ」と送られてきて、「私もそう思う！！！」と返す。いちばんにばんとかじゃなくて、いちばん私のことを大切にしてくれるひとが私にとってのいちばん。唯一無二。

　シンくんから「美容院行って素敵になったんだろうなー。会ったらまたドキドキするじゃん‼」とＬＩＮＥが来る。あーもう！

　飲み足りなくてひとりで近所の沖縄居酒屋へ行く。ソーメンチャンプルーと八重泉ロック。二杯目は久米仙ロックをもらってがぶがぶ飲む。

　家に帰って、GARNET CROW の「泣けない夜も泣かない朝も」を聴いた。「今はまだ自分自身の決断に従うように生きてる途中だから」という歌詞のことをふと思い出したのだ。

　化粧を落とさないままベッドに行って爆睡した。

「普通」のおにぎり

秋の始まりに出会ったシンくんが恋人になった。

先日、シンくんと一緒に、私がよく行くタイ料理屋に行った。仲良しの店員さんが慌ただしく立ち働いていて、「ごめんね～」となかなか注文を取りに来なかったとき、シンくんは「大丈夫です。全然急がないのでゆっくりで平気です」ときっぱり伝えていた。私のおすすめのカオソイガイが運ばれてきてそれを食べたときには、「ここに来られてよかった」とにこにこして、「辛くない？」と心配する店員さんに「すごくおいしいです！」と元気よく口にしていた。誰に対してもリスペクトと感謝を忘れず、誠実に接しようとする、彼のそういうところがとてもいいと思う。

今年の夏はものすごく暑かったのに去り際が潔くて、九月中旬には急激に冷え込みが厳しくなった。そんな頃に私は風邪をひき、その風邪は随分長引いた。シンくんに微熱があると伝えると、「ご飯食べたり水分取ったりできてる？何かほしいものがあったら仕事終わったら買って届けるとかするよ」というメッセージが送られてきた。インフルでもコロナでもなくてただの微熱なのに！これまで、私にそういう優しい言葉をかけてくれるのは母親や友達だけで、付き合っている人にそんなふうにいたわられたことがなかったので、びっくりしてスマホを見ながらちょっと泣いてしまった（かつて、ぎっくり腰になって一歩も動けなかったとき、当時の彼氏に電話したら「大丈夫？お大事にね！」で済まされたことがあって、そのときは腰の激痛とむなしさが相まってめそめそ泣いたのだった。一歩も動けないのに大丈夫なわけないだろ！）。シンくんは「ポカリ一本買ってきて！とかちっちゃいものでも本当に何でも言ってね」と言ってくれて、本心から、自分にできることをしたいと思ってくれていることがわかって、ああ、ひとりで全部なんとかしようとしなくても、この人には頼っていいのだなあと思えた。

私の家の最寄り駅はシンくんの家と職場の間にあるので、休日だけでなく平日の仕事帰りもよく会っている。ひとりで過ごすのに慣れていたから、こんなに頻繁に会っていて大丈夫か不安だったけれど、週の半分以上会っていても、今のところ飽きないし疲れないし嫌になることがない。飲みに行ったり、都内のドーミーインに泊まったり近場に旅行に出かけたりして楽しく過ごしている。でも、できたら私の家で一緒に過ごしたい。そうしたらよけいなお金もかからないし、チェックアウトの時間を気にせずゆっくりできるし、映画やYouTubeも大画面で観られるし。

そう思うのに、私はまだ、彼を自分の家に招けない。家を片づけられないからだ。マッチングアプリの人にたくさん会って気持ちが不安定だった夏が終わって、恋人ができて落ちついたのに、私の家はますます散らかっていく一方だった。洋服は着たものも着ていないものもそこかしこに積まれ、出張に持って行ったスーツケースが広げたまま玄関先に放置され、キッチンに散乱するペットボトルや空き缶を集めたら余裕でボーリング大会ができそうだ。

ここのところ残業や休日出勤続きで忙しかったのはたしかだ。でも、シンくんに会ったり電話したりすることはできているのだから、家を片づける体力や時間的余裕がないわけではない。洗濯や自炊はむしろこれまでよりマメにやっている。それなのに、家の片づけは一向に進まない。

家で一緒にゆっくり過ごしたいと言いながら、私は結局、自分の家に男を招き入れるのがこわいのかもしれない。これが女友達なら、彼女たちが遊びに来てくれることはそう頻繁にあることではないからためらいなく招けるし、みんな気を遣ってくれるから何の問題も生じない。でも、男を家に招き入れようとすると、私は絶対に失敗する。これまで何度もそれで失敗してきた。

二〇歳からの数年間、私は空き家になった母方の祖父母の持ち家に住んでいた。その頃、後に夫になるみーくんとはただの先輩後輩の関係だった。みーくんに、「住む場所がないならうちに住めば」と言ったのは私だった。そして同棲し始めたみーくんに「うちに住み続けるのなら結婚しよう」と言ったのも私だった。私は自ら進んで彼を家に招き入れて婚姻関係を結んだのだ。

それなのに、結婚してしばらくして「職場が遠くて通勤がしんどいから私はこの家を出ていく」と切り出したのも私だった。私がそう言ったとき、みーくんは、引きとめるでもなく、ふたり一緒に引っ越すことを検討するのでもなく、「僕はここに住み続けたいけど……」と言った。

同棲を始めてから、私はよく冗談で「君はこの家目当てで私と一緒にいるんでしょう」と言っていた。離婚した後でみーくんは「あれを言われる度に悲しかった」と言った。申し訳ないことをしたなとは思った。けれど、それをいうなら私だって、みーくんが付き合おうとか結婚しようとか別居したくないとか、自分から一度も言ってくれなかったことが、多分ずっと悲しかったんだと思う。

半年前に二か月だけ付き合っていたペンギン氏は、実家暮らしを続けて親にあれこれ言われるのが面倒になったのか、生活の拠点を私の家に置こうとしていた。それ自体は別に嫌だとは思わなかった。けれど、家の中にだんだん増えていく彼の私物が目に入る度に、ここは私の家なのに、と思ってしまうのを止められなかった。向こうから突然別れを切り出されたときには、ショックだったけれど、これで私の家はまた私だけの家になる、とほっとしたのも事実だ。ペンギン氏が置いていったユニクロの黒のスウェット上下や、下着類、ロゼットの洗顔パスタ、無印のスキンケア製品などをゴミ袋に片っ端から突っ込んでいった。ペンギン氏が通販で購入してうちに送ってきたばかりの布団セット一式は、粗大ごみ券を貼りつけてマンションのエントランスに投げ出すように置いてきた。そのときは、思わず映画『ショーシャンクの空に』のあの有名な両手を広げたポーズを取りたくなるくらいの解放感があった。

どうやら私は自分の家を、誰にも邪魔されない自分だけの城だと思っているみたいだ。たとえば自分の身体は、否応なく他者の視線にさらされるものだ。だから、他人の評価やTPOを一切気にすることなく、自分がいいと思うメイクやファッションで身体を装うことは、私にはできない。反対に、入浴や歯磨きをさぼって不衛生にしたり、なりふり構わずぼろぼろに穴の空いた服をまとって外出したりすることももちろんしない。でも、自分ひとりで購入して自分ひとりが暮らす家は、自分が他人を招き入れない限りは誰の目にも触れることがない。

誰にも干渉されない。評価されない。だからこそ、フリルのついたベッドリネンやパステルカラーの大きな花柄の壁紙のような、自分自身のファッションには絶対に取り入れないようなガーリーなアイテムで家を飾りたてることができる。そして反対に、人が見たら顔をしかめるに違いないレベルで家を散らかしてしまったりもするのだと思う。実家にいた頃には片づけをしないことで母親から怒られ続けて、実家を出てからも片づけが苦手な自分をずっと責めてきた。今は、自分の部屋をめちゃくちゃに散らかしても、誰にも怒られたり嫌われたりしない。そのことに、私は癒されてもいるのかもしれない。

自分の城に、ある種の覚悟を持って男を招き入れようとして、その度に失敗してきた。シンくんのことも家に招き入れたい気持ちはある。でも、どうしてもこわくなってしまう。どうしても家を片づけられない。

片づけられないのではなくて、片づけたくないのではないか。片づけてシンくんを家に招き入れたら、否応なく次の段階に進んでしまうような気がして。その段階になってから、おまえはパートナーとしてふさわしくないと拒絶されるのがこわくて。自分自身が、ああもう早くひとりになりたいとか、ここは私の家なのにとか思ってしまうのもこわくて。それで全然片づけが手につかないのかもしれない。

一一月のある平日、シンくんと休みを合わせて、その日は一日デートをしようと言っていた。前日の晩に電話をして計画を立てた。朝九時半頃に私の最寄り駅で待ち合わせて、JRで神田に出て、新日本橋方面に向かって歩き、ラフレッサでモーニングをすることになった。ラフレッサは、私がずっと行ってみたいと思っていた純喫茶だ。電話で話しながら、ネット上のラフレッサのメニューの写真を眺め、ツナサンドとチーズトーストのセットが気になるねと言い合う。モーニングを食べてもまだお腹に余裕がありそうだったら、「本日のケーキ」をひとつ頼んでふたりで分けよう。それから、TOHOシネマズ日本橋で岩井俊二監督の『キリエのうた』を観る。映画の前後にコレド室町でちょっと買い物するのもいい。元気だったら三越前から半蔵門線で押上に出て、スカイツリーの展望台に上ろう。それからソラマチにある世界のビール博物館に行ってビールを飲もう。

そんなふうに翌日の大まかな予定が決まる頃、シンくんは何の気なしに言った。

「明日、出かける前にぐりこの家の前まで、米持ってくよ」

先日、彼が仕事で一緒になった地方の支社の人から、五キロのお米が送られてきたという話は既に聞いていた。魚沼産コシヒカリの新米。シンくんの家には今お米がたくさんあって、うちはちょうどふるさと納税で頼んだ米を切らしていたから、今度うちが片づいたら遊びに来るときに持ってきてくれるという話になっていたのだ。それを、わざわざ、デート前にうちまで運んできてくれるという。

翌日になった。晴れているのに雨の匂いがする、涼しいような蒸し暑いような月曜の朝だった。エレベーターで一階に下りてマンションの外に出る。国道から分岐した、住宅街に続く狭い上り坂の道を、こちらに向かって歩いてくるシンくんの姿が見えた。痩せて背の高いシンくんは遠目にもすぐ彼とわかる。近づいてきた彼は私が沖縄土産にあげたシャツを着ていた。臙脂のぱりっとした厚手の生地に、グレーの水彩っぽい大きな花柄のシャツ。その左脇に、ぴったりしたビニール袋に入った新米を抱えている。

あ、幸せが歩いてくる、と思った。

ついこの間まで、自分のことを不幸かもしれないと思っていたときは楽だった。私はただ嘆いていればよかった。絶望しながら、絶望を乗り越えていこうとする自分自身を文章に書いていればよかった。幸せは大変だ。幸せは壊れてしまわないように大事に守らなければならない。守り続けなければならない。スピッツの「スピカ」が頭の中で流れ始める。「夢のはじまりまだ少し甘い味です／割れものは手に持って／運べばいいでしょう」という歌詞が、脳裏で閃光のようにきらめく。恐れる必要はないのだ。壊れやすい幸せだって両手に持って大事に運べばいいのだ。そうはいっても、いつか自分が、何かの弾みに転んだり、その手を離してしまうのではないかと不安にはなるけれど。「スピカ」のサビの終わりに繰り返される「幸せは途切れながらも続くのです」という言葉。この幸せも続くだろうか。私は、続けることができるだろうか。

待ちきれなくてこちらに向かってくるシンくんに駆け寄る。うちのマンションの前までふたりで並んで歩いていって、そこでお米を受けとった。友人に赤子を抱かせてもらうときのように、胸の前でそっと斜めに抱える。

シンくんが仕事関係の人からご厚意でいただいた新米を、私がもらってひとりで食べきってしまうのは申し訳なくて、そのことがずっと気がかりだった。だからシンくんには、うちが片づいたら、うちで一緒に炊き立ての新米を食べようねと言っていた。けれど、今のように家の片づけがまったく手につかない状態では、それがいつになるかわからない。掃除だけでもハードルが高いのに、それに加えて手料理を振る舞うというハードルも生じる。これで慌ててシンくんを家に招いて料理を振る舞って「炊飯器が汚いから一緒に暮らせないと思った」とか言って振られたりしたら、私はもう立ち直れない。

新米は食べてもらいたい。でも手料理を振る舞うのは無理。そもそもまず家に招くのがまだ無理。お弁当を作って仕事前か仕事後に渡す、という案も考えたけれど、付き合いたてで手作りのお弁当を渡すのはめちゃくちゃ〈重い〉ような気がする。というかお弁当のメニューや盛り付けをどうするか考えただけで自分がしんどい気持ちになる。全然楽しくない。もういっそのこと、タッパーに炊きたての新米だけをぎっしり詰めて渡すか。いや、それもおかしいか。あれこれ思案した結果、そうだ、おにぎりを作ろうと思い立った。おにぎりだったら自分でもいつも昼食用に作って職場に持って行っているし、人のために作ることも無理なくできそうだ。

デート前に新米を受けとった日の翌日、仕事帰りにいつもの駅前のスーパーに立ち寄った。乾物の海草類が置かれたコーナーに向かう。おにぎり用に細長く切った海苔、三〇枚入り四九八円。なんてこった。ばかみたいに高いぞ。こんなの使ったら高級おにぎりになっちゃうが？普段自分用のおにぎりには海苔を巻かないので、昨今の海苔の値段をよく知らなかった。海苔なんか、海苔なんか、お腹に全然たまらないくせに。ごはんの添え物のくせに。しかし、海苔を巻いていないおにぎりというのは、見栄え的にもいかにもあり合わせの適当な食べ物という感じで、人に食べてもらうのは申し訳ない。そこで、清水の舞台から飛び降りるような気持ちで、四九八円の海苔を買い物かごに入れた。

おにぎりの具材を何にしようか悩む。鮭のおにぎりは大好きだ。けれど、鮭を生焼けでも黒焦げでもなく焼いて骨をとりのぞく作業が、うまくできるか不安だからパス。よくコンビニで買ういくらのしょうゆ漬けのおにぎりも大好きだけれど、いくらの瓶詰めが高価なのでパス。

パートに出ていた母が、始業式や終業式などで私たち姉弟が早く学校から帰って来る日に用意してくれていた、計四つのごろんごろんとした大きなおにぎりのことを思い出した。タレ味の焼肉がたっぷり入ったボリューム満点のおにぎりが、私は大好きだった。

結局、シンくんにあげるおにぎりは、塩むすびとおかかに決めた。塩むすびには、私が最近はまっているろく助の旨塩を使うことにする。干椎茸と昆布の出汁の風味があって、スープの味つけにもいいし、肉料理や白いごはんにかけてもおいしい。

家に帰り、まず、炊飯器の内蓋と内釜を洗い直して、表面もしっかり拭き取ってきれいにした。それから、手洗いと手の消毒、米の計量、米とぎ。いつもはざざっと適当にすませる行程を丁寧にひとつずつやっていく。内釜の目盛の位置を何度も確認しながら水を張り、いつものお急ぎモードでなく通常の白米モードで炊く。

久々の、人のための調理に緊張して、炊飯器のスイッチを入れた途端にそわそわしてしまった。ひとしきりそわそわしてから、買ってきた鰹節を小皿に出して、しょうゆを少しずつ垂らしていく。ろく助の旨塩も用意する。

やがて炊飯器が湯気を吹き上げ始め、ピーという音を立ててごはんが炊き上がった。すぐさま蓋を開け、まずは味見と称して、炊き立てのごはんに旨塩をぱらぱらとふりかけ、海苔でくるりと包みきゅっと握り、台所で立ったまま食した。そういえば、作家くどうれいんも『桃を煮るひと』で、炊き立てのごはんを「ねずみおにぎり」と命名した小さな塩味のおにぎりに仕立ててシンクの前で食べていたっけ。

　炊き立ての新米の、むちっとふくらむような食感と自然な甘さが口の中いっぱいに広がる。旨塩の旨みと塩気が米の甘みをぎゅんと引き立ててくれる。そして海苔よ。「お腹に全然たまらないくせに」「ごはんの添え物のくせに」だなんて暴言を吐いてごめんなさい。初めにやってくる香ばしくなつかしい磯の香りと、おにぎりからはみ出た部分のぱりぱりした食感がいとおしい。続いて、おにぎりにしっとりと吸いつき一体化した海苔を新米と一緒に味わうと満ち足りた気持ちになる。ああ海苔よ。君がいるのといないのとではおにぎりを食べたときの幸せは桁違いだったね。これからは自分の昼食用のおにぎりにも海苔を必ず巻くことにするよ。二〇枚以上残ることだし。

　味見タイムを終えて、シンくんにあげるおにぎり作りにとりかかる。

　ラップの上に炊き立てのごはんを平たく載せ、おかかを真ん中に落としてラップの端を合わせて丸めると、おにぎりの外側におかかの茶色が染みてしまい、服にワインの染みを作ったときのような焦りが生まれた。雪のように真っ白なおにぎりを作りたくて、茶色を隠そうと米を足し、そのせいでおにぎりが一回り大きくなる。三角形に成形しようとするけれど、仕上がったそれは不格好な野球ボールのようにごろごろしている。手が小さい割に、私の作るおにぎりはやたらとでかい。自分が食いしん坊だからに違いない。食いしん坊な私と弟のために、母が作ってくれるおにぎりも、とびきり大きかった。おにぎりを包んだラップを一度外し、海苔でおにぎりを巻いて茶色いところを隠し、ラップの上からさらにアルミホイルでくるむ。炊飯釜に残ったごはんに塩をぱらぱらと振り入れて、ふたつめの塩むすびも作っていく。

気づけば約束した時間が迫っていた。出来上がったふたつのおにぎりを、ビニール袋に入れて、さらにセルジュ・ルタンスのショップバッグに入れようとして思いとどまる。真っ黒の硬質な素材でできた縦長の紙袋は、かっこいいけれど食べ物を入れるには禍々しい。より適切な入れものを探して、発掘した伊勢丹の緑と黄色と赤のチェックの紙袋に入れた。伊勢丹の定番チェック模様の安心感はすごい。適当な紙袋を探し出すためあちこちを漁ったので、また一段階、家の散らかりが激しくなった。

シンくんから、乗り継ぎがうまくいって約束の時間より早く到着したと連絡が来る。私はおにぎりふたつの入った伊勢丹の紙袋を右手に提げ、左手に家の鍵とスマホを握りしめて駅まで走っていった。

渡したいものがあると言って呼び出したくせに、いざとなったら、それが何の変哲もないただのおにぎりであることが恥ずかしくなった。「これ、お裾分け」とだけ告げて、紙袋を押し付けて、その場から去ってしまいたかった。けれど、結局いつものように家の前まで送ってもらってから別れた。

誰かに自分の作ったものを食べてもらうのは何年ぶりだろう。ものすごく不安だった。不安で何も手につかず、スマホをただ眺めたり、散らかったワーキングスペースの掃除をしようとしてすぐ投げ出して、落ち着きなく歩き回ったりしていた。

一時間ほど後に、シンくんから「おにぎりとっても美味しいです、いまとても幸せです」とLINEが送られてきて、その瞬間、へなへなと座りこんだ。気持ちがふっと緩んで泣きそうになる。よかった。私がもらっている幸せをちょっとでも返せたならよかった。

私をいたわってくれるシンくんに「優しいね」とか「ありがとう」と言うと、いつも、「普通じゃない？」とか「そうしたいからしているだけだよ」と返される。私も、自分が「普通」に、無理のない範囲で、自分にできること、したいと思ったことをやっていけばいいのかもしれない。そもそもシンくんから、早く家を片づけろとか手料理を作ってほしいだなんて一度も言われたことはなくて、私が勝手に、そうした方がいいのでは、そうしなければならないのではと思い込んでいただけだった。一緒に住んでいなくたって、家に招き入れることができなくたって、こうしてときどき食べものをお裾分けし合ったりして、暮らしを一緒にやっていくことはできるのかもしれない。そんなことを考えながら、和装小物や書類や本や洋服がぐちゃぐちゃに散乱した部屋の床にしばらくへたりこんでいた。

いなくならないで

「自立とは依存先を増やすこと」という言説をインターネット上でよく見かけるようになったのはいつからだっただろうか。私自身も、特に結婚生活が破綻してからは、苦しいときに頼れる人や自分の居場所を増やすことを意識してやってきたように思う。強く優しく面白い友人たちを大切にして、家族とも（昔に比べればそれなりに）良好な関係を築いていた。文章を書くことをずっと続けていて、それから、充実した仕事と、いくつもの趣味があった。そう、だから私には依存先がたくさんある。それでも、ゼロか一〇〇かで物事を考えてしまいがちな私は、やっぱり唯一無二の存在がほしかった。自分という存在を誰かに丸ごと認められたかった。この世で自分の母親以外、誰も私のことを本当には愛さないんだと思って絶望していた。文章を発表してそれが誉められても、ずっと、足りない、まだ足りないと思っていた。誰かにとってのたったひとりの特別な人間になりたかった。かわいいと言われたかったし愛されたかった。

そのことに気づいてしまって戸惑っていたときに、シンくんと出会った。

付き合い始めてまだ間もない頃、大崎広小路にある点心とワインの店にふたりで行った。天井にドライフラワーがたくさん飾られた店内のカウンターの端に並んで座る。ビールサーバーとワインセラーがすぐ近くにある席。

生春巻きと、細長い皿に点々と盛られた一口サイズのポテトサラダをつまみにランブルスコを飲んでいるときに、シンくんは言った。

「ぐりこの好きなタイプがどういう人なのか、俺にどう接してほしいと思っているのか、正直まだよくわかっていない」

私はしばらく考えてから、おそるおそる答えた。

「私は、全部がほしい」

全部ってわかる？お金とかプレゼントとかそういう物理的な話じゃないよ。いつも一緒にいたいとか、一緒にいるときにめいっぱい愛情表現してほしいとかそういうことでもない。病気になったときのことや老後のことを考えたら、まあ結婚はしたい気がするけれど、別に結婚が全てじゃない。全部ほしいっていうのは、あなたの人生の全部を私にちょうだいってことだよ。一〇〇パーセント、あなたの存在の全てをかけて愛してほしいってこと。きれいなものも汚いものも、全部隠さないで見せて。一〇〇くれないなら全部いらない。

そんなことを伝えた。重いとか面倒くさいとか思われて距離を置かれるなら、それはそれでかまわないと思っていた。さみしさを埋めるためにこの関係にしがみつきたくはない。今の私には依存先がたくさんある。これまでだってひとりで生きてきたんだ。これからだってきっとなんとかなる。

シンくんは、まっすぐ私の顔を見た。それから、ゆっくりとこう言い切った。

「俺の人生、全部あげるよ。もらってくれるの？」

それまで私は、シンくんの骨格が好きだと思っていた。初めて会った日にベッドに入ってタンクトップの上から触った、鎖骨から肩峰にかけてのラインがすごくよくて、長い時間なでていた。背が高くて、奇抜な柄物のシャツとか派手な色のセーターとか、何を着ても似合うところが好きだと思っていた。あとは、どんな人に対してもその人のいい面を見つけようとするところとか、電車内で立っているときに自分の身体につかまらせてくれるところとか、食の好みや酒のスピードがぴったり合うところとか。

でも、「全部あげるよ」と迷いなく言ったシンくんを見て、そうやって、パズルのいくつかのピースを選り分けて取り出すような「好き」じゃなくて、私もこの人の存在の全部を私の一生を懸けて愛そうと決めた。

付き合って二か月が経つ頃、週末に品川駅で待ち合わせて、大磯プリンスホテルに一泊二日の小旅行に出かけた。

東海道線のグリーン車に乗り込んで、サッポロ黒ラベルで乾杯した。あっという間に大磯駅に着いて、それからナビでホテルの場所を調べたら、駅から徒歩四五分と表示されて驚いた。ふたりともなぜか徒歩二〇分くらいだと思い込んでいた。市営バスもあったのだけれど、とても天気がよかったので、散歩がてら海岸沿いの有料道路脇の歩道を歩いていくことにする。私たちはふたりとも散歩が好きで、たくさん歩くのが苦にならない。

真っ青な海と、それより少し淡い秋の澄んだ空の境界に、ちぎり絵のような雲がたなびいている。海の向こうにはぼんやりと江の島の影も見える。進行方向、西に少しずつ高度を下げてきた太陽の日差しを受けた海は白金色に輝いていた。

その日の大磯はよく晴れていたけれど、だんだん向かい風が強くなってきた。強風にあおられながらまっすぐな歩道をひたすら歩いていると少しずつ不安になってくる。シンくんが靴紐を結ぶというので彼の鞄を預かると、重くて驚いた。部屋で飲む用に、出張土産の日本酒と赤ワインのボトルを持ってきてくれていたのだ。それなのに私のサブバッグまで持ってくれていた。

鼻水をすすっていたら、さっとティッシュを出してくれたのでそれで鼻を拭く。すると、はい、と当たり前のようにこちらに手のひらを出してくる。抵抗したけれど、シンくんは結局私が丸めたティッシュを受けとって自分の鞄にしまった。

なんとか無事にホテルに到着して、さっそくお目当てのスパフロアに向かった。ここのスパは男女兼用で水着で入る仕様だ。正面に太平洋が、右手に富士山が一望できるパノラミックサウナがある。男女兼用のサウナにひとりで行くのはためらわれるけれど、誰かと一緒にだったらぜひ行ってみたいと思っていたのだ。サウナといっても室温は五〇度程度で湿度も高くないので、長時間ガラス越しの絶景を堪能することができた。日が少しずつ落ちていくと、真っ青だった海に蜂蜜のような光がこぼれて広がっていく。夕焼けの空に、藍をわずかに足した灰色の山々が、少しずつその色を濃くしていく。埃の塊を小さくちぎったような雲が山際に一列に並び、その上に真っ白な飛行機雲の線ができていた。

サウナで数十分過ごして全身から汗が出てくると、天井から人工雪が降るアイスルームに行った。他に人がいなくなると、部屋の中央の巨大なかき氷のような雪山から雪を取って、ふたりで雪合戦をした。水着で雪合戦するの生まれて初めてだよ、そりゃそうだよね、と言い合う。雪を投げ合うことにだんだん慣れてくると、投げられた雪をキャッチしたり避けたりすることもできるようになった。短時間で上達している。

身体が充分冷えるとまたサウナに戻る。ふたり並んでぼうっとしていた。山が黒い影になり、対岸に無数の灯りがともり、海と空の境がすっかりわからなくなるまで。

部屋に戻り、窓際のソファに並んで腰かけ缶ビールで乾杯する。あっという間に飲み切って、シンくんが奈良出張で買ってきてくれた奈良の春鹿の超辛口に切り替える。熱燗にも向いているという酒蔵のホームページの説明を見て、部屋に備え付けの電気ケトルでお湯を沸かして、瓶ごとお燗にしてみる。甘い香りがふわっと広がって味も丸くなった。

シンくんは珍しく憤慨した様子で、ねえ愚痴ってもいい？と訊いてきた。スパの更衣室前で私を待っている間に、同じく連れの女性を待っていた他の男が何人も、後から来た彼女に「遅い」と文句を言っているのを見たのだと言う。なんで好きな人を待つ時間を楽しめないんだよ。ぐりこは、俺に対して、待たせて申し訳ないとか思う必要まったくないからねと言う。

ふと、子どもの頃、父と出かけるときに、私が女子トイレや女湯から出ると、父が決まってそこにいなかったことを思い出した。本当に置いていかれるわけではなく、大抵はいらいらしながら近くをうろうろしているのだが、自分が長く待たせて、もし父がいなくなってしまったらどうしようと、いつも不安を感じていた気がする。

私は、自分が付き合ったのがシンくんでよかったと、心から思う。

「それにしても、なんでシンくんはそんなに他人に優しいの？」

と訊くと、

「なんでだろう。ああ、元彼女がモラハラ気質で、俺のすることを全否定してくる人だったからかなあ。それで、相手に過剰に気を遣うのが当たり前になっていた」

と苦笑した。

「あとは、死んだばあちゃんの影響もあるかも。うちで一緒に暮らしていて、俺はばあちゃんっ子だったんだ。ばあちゃんの死に目に立ち会ったのがたまたま俺ひとりでさ。学ラン着てたから中学のときかなあ。それでばあちゃんが死ぬ間際に俺に向かってね、『シンは本当に優しい子だからね、その優しさを生かしていきなさいよ』って言ってくれて。それで目をつむったばあちゃんに、ばあちゃんばあちゃん死んじゃいやだよって。ばあちゃんの最期の言葉が、自分の中に残っているのかもしれない」

その言葉は、たとえ自分を犠牲にしても誰かに尽くすべきだ、というふうに、あなたの人生を縛るものにはなっていないの?と思わず尋ねる。すると、シンくんは私の手をとって、そうではない、自分の意思で誰にでも優しくできる人になりたいと思ったのだと言い切った。

私は、人の臨終に立ち会ったことがない。目の前で人が命を失っていくのはこわくて、その場面に居合わせるのを注意深く避けてきたようにも思う。そうやってつらいことから目を背けて逃げてしまう自分の弱さのこと、シンくんの強さと優しさのことを考えたら涙がぽろぽろ出てきて、彼の首にぎゅっとしがみついた。私は自己中心的などうしようもない人間だ。シンくんのように優しくはなれない。けれど、シンくんの優しさをちゃんと受けとって、それに感謝できる人であり続けよう。そして、万が一シンくんが私より先に死んでしまうのなら、この人だけは私が必ず看取ろうと思う。

シンくんは話を続けた。ばあちゃんの葬儀のときに、俺、酒飲んで馬鹿騒ぎしてる大人たちにめっちゃキレたんだよね。おまえらばあちゃんにあんなに世話になったのになんで笑ってんだよおって。今なら大人たちが悲しんでなかったわけじゃないってわかるけど。俺、ばかだったからさ。車で来てるからひとりでなんか帰れないのに、怒って、俺はもう帰る！って葬式の会場を飛び出してさ……。

笑いながら話していたけれど、私はそれを聞いてよけいに泣いてしまった。この人はただ誰にでも優しいだけじゃなくて、自分が大事にしているものをないがしろにされたと感じたときにきちんと怒れる人なのだ。初めて会った日に、私が自分の職場にはびこる女性蔑視の話をしたときにも、まるで自分のことのように、それはおかしいと怒っていた。私の弟を交えて三人で飲んだ日、弟がふざけて私をからかったときにも、「俺の大事な人にそういうことを言わないでほしい」と初対面の弟に淡々と告げていた。中学時代から変わらずそうだったんだなとわかってうれしくなった。

泣いている私をあやすように撫でながら、シンくんは穏やかな声で話を続ける。本当に優しいばあちゃんで、大好きだったんだよ。漫画買いたいけどお金ないんだって言うと、いくら欲しいんだい？って訊いてくれてさあ、二千円って答えると食器棚のばあちゃん用の引き出しから三千円出してくれてさあ、残った千円で友達とおやつ食べなって言ってくれるんだ……などとても現金なエピソードを話し始めた。

私は思わず泣きながら笑った。

人生、全部

大磯旅行の三日後、水曜日の仕事終わりに、シンくんとふたりで恵比寿の「黒電話」というおでん屋へ向かった。ビルの二階に上がってドアを開けると、そこは小さい鏡張りの薄暗い小部屋になっていて、腰の高さの台に黒電話が置いてあった。電話をよく見ると、文字盤に小さく〈CALL 0〉という注意書きがある。おそるおそるその黒電話から0番にダイヤルすると、いきなり鏡張りの壁が動いて、その向こうにはごく普通の明るく雰囲気のいい居酒屋の店内が広がっているのだった。びっくりしたね、すごい仕掛けだねと言い合いながらカウンター席に向かう。

シンくんは伊勢角屋麦酒のヒメホワイトというビール、私は網走ビールの流氷ドラフトを頼んで乾杯した。流氷ドラフトはラムネ瓶のような美しい青色をしていて、大磯の海と空を思い出した。ヒメホワイトとグラスを合わせると明るい黄色と青の対比がすてきだ。二杯ずつビールを飲んで、ドライフルーツバターや、店名にちなんだ黒いポテトサラダを味わった。新政を一合もらって分け合ったあと、いよいよおでんを頼んで熱燗に移行する。寒い季節ならではの愉しみだ。

「そうだ、職場でパソコンの整理をしていたら昔の写真が出てきたんだよ」

と言って、シンくんがスマホを取り出す。彼のスマホケースには、私が文学フリマのノベルティで配っていたシールが貼ってある。ちなみにアップルウォッチの待受画面は、海を眺めている私が小さく映っている写真だ。それらが視界に入る度に、くすぐったい気持ちになる。

シンくんはふたりの間のカウンターにスマホを置いて、カメラロールを見せてくれた。六、七年ほど前に撮ったものらしく、写真の中のシンくんは、今より少し顔がふっくらして見える。スクロールしているうちに、社長だという初老の男性と並んで、彼が表彰状を持っている写真を見つけた。「表彰されたの?すごいね」と言ってその写真をタップして画面いっぱいに表示する。何の気なしにその写真を表示したのだ。

「あれ、これシンくんなんで指輪してるの?」

表彰状を持った彼の左手の薬指に金色の指輪があるのを見つけ、私は驚いて尋ねた。彼は今までずっと独身で一度も結婚したことがないと言っていたから。だから、何かしらの事情があるのだろうと思った。たとえば、モラハラ気質で束縛の激しい当時の恋人に女除けで指輪をつけさせられていたとか。あるいは、ひょっとしたら、私には黙っていたけれど、実はごく短い期間結婚していたことがあるとか。

「ああ。ひどい先輩たちがいるんだよ。俺は一番下っ端でいじられキャラだから何してもいいと思われてて。この指輪も先輩がふざけてダイソーで買ってきたのを無理やりつけさせられてね」

シンくんは慌てる様子もなく、目を泳がせることもなく、まるで感情を込めずに、暗記していたかのようにスラスラ流暢にしゃべった。たしかに社内での彼が親しい先輩たちによくいじられるという話は聞いていた。でも独身者に結婚指輪をつけさせるなんて、そんな面白くもない悪ふざけを、わざわざ表彰式の日に後輩に仕掛ける社会人はいないだろう。

それからも彼はいくつかの言い訳を並べたけれど、私は「いやおかしいよね」「どういうことなの」と言い続けた。すると、腹を決めたように、「わかった、本当のこと話すね」と言い、それからしばらく嫌な間が空いた。

「俺は既婚者です。モラハラ気質の元カノがいたって前に話したけど、本当はその人と結婚してて、俺がモラハラに耐えられなくなって、今離婚調停中なんだ。それで別居して友達の家に住んでる」

「……それは、私をずっと騙していたってこと？」

「そういうことになるね」

私の顔をじっと見つめて、淡々と言う。ドライフラワーに囲まれた点心のおいしい店で、私に「俺の人生、全部あげるよ」と言ったときとまったく同じ表情で。

こんな展開は想像していなかった。

シンくんは、私でも名前を知っている会社に勤めているし、とても誠実でちゃんとした人に見えたから、結婚歴がないわけがないと思って、付き合いたての頃に何度も尋ねた。過去に好きで関係を持っていた男が私も知っている女性といきなり結婚したり、一緒に本を作るほど仲がよかった友人が、交際相手がいることも一言も告げずに突然結婚報告してきたときにショックを受けたエピソードも話して、その上で、私は隠し事をされたり嘘をつかれるのが一番嫌だから、どんなひどいこともちゃんと教えてほしいとずっと言っていた。けれど彼は、頑なに、これまで一度も結婚したことがないと言い続けていた。なぜかいつも振られてしまうんだ、悲しい思いをたくさんしてきたんだよ、と言っていた。

それが、全部嘘だったんだって。

驚き呆れてしまって、すごいね、とか、いやほんとにすごいわ、と繰り返すことしかできなかった。春に付き合っていたペンギン氏のときみたいに、頭がおかしい女だと思われて愛想つかされて突然振られる方が随分ましだった。

実は、シンくんが嘘をついていたのは婚姻に関することだけではなかった。地元の適当な四大出だと言われていたけれど、電話していたときに話のつじつまが合わないと思って問い詰めたら、最終学歴が専門学校卒だと認めた。それが発覚したのが数週間前。「東京は思っていた以上に学歴社会で、それでずっと苦労してきたからコンプレックスで言い出せなかった」と話していた。私が大学院を出ているから、彼がそれを言い出しにくかったのもわかる。だからさほど気にしていなかった。でも、そのときにも、他には隠していることは何もないのかと何度も訊いて、何もないの一点張りだったのだ。

ってか、学歴も既婚か未婚かも嘘だったら何が本当なんだよ。何を信じたらいいんだよ。

付き合いたての頃に、平日の仕事終わりに会って終電近くまで一緒にいたとき、シンくんが別れ際に、

「ごめん一個だけ嘘ついた。明日出社いつも通りじゃなくて、朝一の新幹線で大阪出張なんだ」

と言ったことがあった。そのとき私は、

「あなたは優しいから私に気を遣って言わなかったのかもしれないけど、ひとりで無理しないで。隠し事しないでちゃんと話して」

と、初めて彼に対して怒ったのだった。

一個だけ嘘ついた？笑わせる。嘘だらけだったじゃん。現在進行形で他の人と結婚している奴がどうやって「人生、全部」くれるんだよ。口から出まかせもいいところだな。シンくんは、自分は過去にいろいろあって本当の気持ちが話せなくなってしんどかったから、心から思ったことしか言えない、お世辞は好きじゃないし言いたくないと言っていた。そんな彼がかわいいとかきれいとか会いたいとか好きとかしょっちゅう言ってくれるのがすごくうれしかったのに、それらの言葉も全部嘘だったのかもしれないと思ったら眩暈がした。

脳裏に、緑地に黒い格子模様のオセロの盤面のイメージが果てしなく広がっていた。あるマスに黒い石をひとつ置かれたら、途端に他の周囲の白い石が次々に黒にひっくり返って、盤面全体が黒く塗りつぶされていくようだった。そして、真っ黒になった盤面は、もう二度と他の色に変わることはない。

シンくんは連絡がマメで、私のことをたくさん誉めてくれた。私の体調や気分の浮き沈みをいつもいたわってくれた。土日平日関係なく、週の半分以上、ときにはほぼ毎日のように会っていた。デートのときはいつも私の最寄り駅まで迎えに来て、帰りはうちまで送ってくれた。買い物に行けば荷物を持ってくれた。優しい人だから、私を愛しているからそうしているのかと思ったけれど、なんだ、自分の中の気まずさを隠すためにちやほやしていたのか。贖罪のつもりで私に尽くしていたのか。

友人とルームシェアをしているからと言って家には上げてくれなかったけれど、過去の恋愛のトラウマや、風俗に行っていたことは正直に教えてくれたし、仕事関連のこともなんでも話してくれた。シンくんの会社の福利厚生で割引になる店やホテルも一緒に行こうと言って実際に予約もとってくれていた。彼女ができたことを会社の○○さんと○○さんに話して写真を見せたら「ついに！おめでとう」「素敵な人だね。どこで見つけたの？」って言われたよ、などと言っていたこともあった。怪しむべきところはまったくなかった、と思う。

「既婚者なのに、彼女ができた話を職場の人にしてたってこと？それでおめでとうって言ってもらえるとか、そんなことある？それも嘘だったの？」

「いや、会社の人に話してたのは本当だよ。俺が結婚相手にモラハラ受けて大変なのはみんな知ってたから、心からお祝いしてくれている感じだった」

それがもし本当なら周囲の人たちもおかしいと思う。ふつうは離婚が成立してからにしろとか言わない？あるいは、この男は恋人だけでなく誰に対しても息をするように嘘をつく人間で、私だけでなく周囲の人のこともうまいこと騙していたのかもしれない。彼の口から出る言葉の、いったいどれを信じていいのか、私にはもうまったくわからなかった。妻によるひどいモラハラも心優しいおばあちゃんの最期の言葉も、全部でっちあげなのではないかと思い始めていた。

徳利の燗酒は半分ほど残ったまますっかり冷めてしまった。私はお猪口ではなく和らぎ水のグラスを手に取って一気にあおった。

「……嘘つかれたり隠し事されるのが、一番いやだって言ったじゃん」

「うん、だから最初に既婚者だって話せなかった時点で、ばれたらこの関係は終わるって覚悟してた」

ひとりで勝手にそんな覚悟しないで、どっかのタイミングでちゃんと正直に話してほしかった。調停が終わるまで待ってほしいって言ってほしかった。そうしたら全然許せたのに。嘘をつかれていたことより、ばれたら関係が終わると、終わっても仕方ないと思っていたことがショックだった。「俺の人生、全部あげる」という言葉が嘘でも、死ぬまで一緒にいるつもりなんか毛頭なくても、せめてこの関係を長続きさせたいと思っていてほしかったよ。騙すなら騙すで、迂闊に指輪している写真なんか見せてこないで、騙し続けてほしかったよ。

「……関係が終わってもいいと、思っていたんだね」

「そんなことない。最初はたしかに軽い気持ちだったけれど、本当にぐりこのことを好きになってたから」

「それ、この流れで信じられると思う?」

「……そうだよね」

私は、先週観た劇団四季の『アナと雪の女王』ミュージカルを思い出していた。私は長女だけれど、一〇年前に映画版を観たときから、周囲に迷惑をかけまいと自分を抑圧する長女のエルサよりも、軽率で奔放な次女のアナに共感していた。今回、映画版同様、ハンス王子と会ったその日に惚れ込んで婚約し、姉にキレられ、最後にハンス王子に裏切られるアナを見て、いや、アナの気持ちはめっちゃわかるけれど、やっぱり会ったばかりの男と婚約はさすがに危険だよ、などと思っていた。私が出会ったその日に付き合った恋人はやばい人じゃなくてよかったよかった☆などと考えていた。笑える。なんのギャグだよ。完全にハンスと同類だったじゃん。

結婚したのがいつで、夫婦関係がどういうもので、子どもはいるのかいないのかとか、離婚調停がどのように進んでいるのかとか、なぜそんな嘘をつき続けていたのかとか、その場でちゃんと彼の言い分を聞いた方がよかったのかもしれない。でも、もう何を聞いてもそれが本当か嘘か判断できなくて不信感が募るだけだと思った。隣にいるのはもう私の好きだった誠実で優しい恋人ではない。気持ちが悪くて、この男の隣に一秒たりとも座っていたくなかった。

「スマホ出して。LINEの画面出して」

「え？」

「私のアカウントを削除して。今すぐ」

「……はい」

「電話番号も消して」

「わかった」

スマホに入ったＬＩＮＥのアカウントと電話番号を削除させ、その間に財布から一万円札を取り出して彼の前にぴしゃんと置いた。

荷物を持って席を立ったけれど、入店時に店員に預けた自分のダウンジャケットがどこにあるかわからない。店の奥の壁を見ると、恋人だった男の黒い厚手のカーディガンの上に重ねて私のダウンがかけてあった。カーディガンとダウンを両方とも取ってくれようとした店員に思わず、黒いカーディガンを指して「こっちはいらないです」と噛みつくように言ってしまった。ダウンを受けとって羽織り、恋人だった男の方を振りかえってこう言った。

「もし今後私の家のまわりをうろうろしていたら、即警察呼ぶからそのつもりでいてください」

「わかった。あの辺りは二度と行かないから、安心して」

「じゃあ」

店先の黒電話が鳴ると壁が動くという仕掛けのため、店内を見まわしてもどこが出口かわからなかった。店員に誘導されて外に出る。恋人だった男はもちろん追いかけてこない。

初めて会ったその日のうちに、彼と付き合うことを決めた。別れるときも、自分が騙されていたのだとわかったら、ちゃんと話し合うこともせずにその場ですぐ別れた。始まりも終わりも、行き当たりばったりだったなあ。本当に私らしい。

直感と勢いだけで、自分の信じた道を突き進める自分が好きだった。ほしいと思ったものに迷わず手を伸ばせる自分が好きだった。要らないと思ったものを、すぐ手放せる自分も好きだった。好きなはずだった。速く、ぐりこ、もっと速く。人生が一気に、音を立てて動く瞬間にいつも快楽を感じていた。でも、もう無理だ。苦しい。むなしい。もう今までのようには生きられない。真っ黒に塗りこめられたオセロの盤面はもう二度とひっくり返らない。完全に詰んだ。私の負け。大体、そもそも人生ってそういうものじゃないよね。もちろん恋愛も。スピード重視で行き当たりばったりにやってるだけじゃだめで、信頼とか愛情とかって少しずつ時間をかけて、ひとつひとつ相手と一緒に積み上げて築き上げていくものじゃん。その場の衝動や自分勝手な思い込みでわっと動いて、無理やりに変化を起こしたところで、それがいい結果につながるわけなんかなかった。

私はたった二か月マッチングアプリをやって、あの砂漠の中から誠実で優しいすてきな恋人を見つけ出して、そうして「全部」を手に入れたつもりでいた。でも結局、マッチングアプリによくいる大嘘つきの既婚者を引き当てて、ひとりで舞い上がってひとりで地に落とされただけだった。

これまでの人生で私のことを好きだという男は、大体妻帯者や彼女持ちで、そうでない男はあっという間に去っていった。やっと私だけを愛してくれる誠実で優しい人と出会えたと思っていたのに。今回の男も結局あの男たちと一緒だったのか。いや待てよ、既婚者なのを隠して騙して付き合っていたんだから、あの男たちの何倍もタチ悪いじゃん。私が過去に出会った不誠実な人たちは、自分が不誠実な人間であることを隠さなかったという点では誠実だった。既婚者なのに言い寄って来る男はゴミだと思っていたけれど、それでいったら既婚者なのを隠して寄ってくる男は生ゴミだな。

恵比寿駅までどうやってたどり着いたか覚えていない。通勤帰りの人と飲み会帰りの人が入り交じる山手線に乗り込んだ。恋人だった男は、デートの日に送ってくれるだけでなく、私が友人や同僚と新宿や池袋で飲んでいると迎えに来てくれた。絶対に起こしてもらえるから寝過ごすことはないという安心感があって、酔った私はいつも山手線の緑の座席で彼の肩にもたれて目を閉じていた。あのまどろみはとても幸せな時間だった。

最寄り駅に降り立つ。この二か月間、夜にひとりで最寄り駅周辺を歩いた記憶がほとんどないことに気づいてぞっとする。いつも恋人だった男と一緒だった。ひとりで二年かけて開拓した馴染みの飲み屋も、最近はずっと男と訪れてばかりだった。付き合ってからたった二か月で、私の暮らしは全部塗り替えられていた。

私と付き合ったことで、恋人だった男の暮らしにも少なからず変化があったはずだ。男は私の影響で女性アイドルグループのアンジュルムを追いかけ始めた。毎日昼休みに自分のデスクでアンジュルムの動画を視聴していて、同僚に「アイドルとか好きだったの？」「音量でかいよ」とからかわれると話していた。アンジュルムの代表曲「46億年ＬＯＶＥ」が好きだって言っていたけれど、冒頭の「一生守るとすぐに誓うけどあなたの一生って何度目？」なんていう歌詞をどんな気持ちで聴いていたのだろうか。

また、男は、文学フリマで私の日記本を買って読んでから、自分でもスマホのメモに日記を毎日つけるようになっていた。文章を書いて発表することを長らく続けている私の日記以上に、ボリュームと熱量のある日記。私が見たいと言えばそれを送ってくれて、そこには私の寝顔がかわいかったとか、私にこんなことを言われてうれしかったとか、私にいつも伝えてくれるようなことがたくさん書いてあった。それだって、私を喜ばすための嘘だったのかもしれないけれど。

それにしても、口で嘘をつくのは簡単だけれど、文章に書くのは、何倍も時間と手間がかかって面倒だったはずだ。関係が終わってもかまわないと思っていたはずなのに、男はなぜそんな手間をかけたんだろう。その手間を手間と感じないくらいには、私を好きだったのだろうか。

私に言って（書いて）くれたことのうち、全部が全部嘘だったわけじゃなかったんだって思いたい。思ったらだめかな。だめだよな。そんなの嘘つき野郎の思う壺だ。アナを裏切ったときに、君のことは愛してないと正直に告げたハンス王子は誠実だったな。誠実なゴミだ。恋人だった男にも見習ってほしかった。

帰宅する。男を一度も家に上げていなかったのは不幸中の幸いだった。この部屋だけは思い出に浸食されていない。彼が置いていったものも彼にもらったものも何もない。自分が片づけられない女でよかったと、こんなに強く思ったことはない。

ダウンジャケットをソファに脱ぎ捨て、腕時計も外さず手も洗わずにベッドに倒れ込んだ。黒のチュールのロングスカートが白いシーツの上に不吉に広がる。チュールの裾をたくしあげてカラータイツの中に右手を入れる。男が触るときはいつもとっぷり潤ってふくらんでいたそこが、今は乾いてしわしわと引き攣れている。それでも、痛みが出ないように注意しながら二本の指先で刺激を与え続けているうち、意思と無関係に小さく腰が跳ねた。濡れてきゅっとなった膣の中に右手の中指を差し入れる。すると、その形状と感触が二か月前までとまったく異なっていることに気づいて愕然とした。

恋人だった男のものをそこに挿入するのは、なかなかスムーズにいかなかった。最初から最後まで問題なくできるようになって、私も違和感を覚えることがなくなったのはつい最近で、男は「俺の形になったね」とうれしそうにしていた。

おまえの形になった私の暮らしを、私の身体を、私はこれからどうしたらいいんだよ。

こうして私は、「人生、全部」を懸けるつもりだった恋をたったの二か月弱で喪った。喪ったというか、私が恋した誠実で優しい恋人はハナから存在しなかった。

でも大丈夫。私は自立した女だから、依存先はたくさんある。男に騙されていたくらいで、たったひとつ恋が終わったくらいで、だめになったりはしない。

性器がひくつくのを感じながら、枕に顔を押し付けて少しだけ泣いた。

あとがき

誰とも本当にはわかりあえない。人の気持ちは誰にもわからない。そう思っていた。だめだと思うと投げ出してきた。結婚も趣味も友達も恋人も。何かを選びとる。何かを捨てる。自分の意思でそれができると思っていた。それができる自分がかっこいいと思っていた。

でも何も残らなかった。


夏の猛暑が嘘のように、朝晩にはきりきりと冷え込むようになった一二月。怒涛の一年が終わろうとしていた。一〇年ぶりにできた彼氏とすぐに別れ、商業デビューが決まり、マッチングアプリ漬けになり、勢いで付き合った恋人とまたすぐに別れた一年。

この本の原稿を一通り書き終えた。私の部屋は相変わらず、泥棒が入った後のように散らかっていた。人と一緒にいるときにはいつも通り食べたり飲んだりするけれど、ひとりだと食欲もあまり湧かなかったし、酒を飲む気にもならなかった。仕事が終わると家に帰ってきて、家にあるものを適当に口にして、風呂に入って眠るだけだった。多いときは一〇時間くらい寝ていた。日常生活で起きた出来事をＳＮＳに書くことも、日記を書いてｎｏｔｅにアップすることも一切やめてしまった。観葉植物を置いてある窓辺以外は、朝カーテンを開けることもしなかった。観葉植物の葉の上には埃が積もり、土はからからに乾燥していた。何も考えたくなかった。

そんな年の瀬の、あるよく晴れた日曜日の朝。リビングのカーテンレールを壁にとりつけているブラケットのネジが緩んで、カーテンレールの端がたわんでいることに気づいた。遮光カーテンが床にずり落ちそうなほど垂れ下がっている。見て見ぬふりをしていたかったけれど、カーテンレールが完全に外れてしまったら後で面倒なことになる。仕事が休みの今日、修繕してしまったほうがいい。そう考えるくらいの理性は、かろうじて残っていた。

玄関の収納ボックスにしまっていたはずのドライバーが見つからなくて舌打ちをする。足の踏み場のないほどに散らかった部屋のどこかに埋もれているはずだ。ＤＩＹにはまっていた頃に買った電動ドライバーを引っ張り出してきて、プラスドライバーのパーツを使うことにした。

ブラケットをとりつけている壁のネジ穴は、すっかり緩んで広がってしまっていた。そこで、一旦遮光カーテンを取り外し、レールの位置をずらして、壁の別の位置にキリで穴を空けてネジを締め直した。数年前、DIYに突発的にはまったときは、壁面本棚を自作したら満足してすぐに飽きてしまった。けれど、こういう家の修繕作業を、人に頼らず自分でなんなくこなせるようになったから、DIYの経験も無駄ではなかったなと思う。

たわんでいたカーテンレールは正しい位置に戻った。一旦取り外した遮光カーテンを持ち上げると、埃でベタベタすることに気づく。思えばこの家に引っ越してきてから一度もカーテンを洗っていなかった。カーテンを持ち上げたまま少し悩んだ後、思い切って家中のカーテンを取り外して洗濯機に放り込んだ。

この部屋は二面採光で窓の面積が広い。換気のために窓を開け放ち、全ての遮光カーテンが取り払われた部屋に、冬のきらきらした陽の光と新鮮な冷たい空気が取り込まれる。大きく、ゆっくりと深呼吸をする。すると自然と、この見慣れた散らかった部屋をなんとかしなくては、という気持ちになった。ひとまず、洗いあがったカーテンが汚れないように、窓周りの床のものを拾い上げて掃除機をかけた。

洗ったカーテンを取り付け終えた後、真っ赤な地に白の椿柄の着物を着て出かけた。その日は着物仲間の友人と一緒に、東急池上線池上駅の古民家カフェ、蓮月に行く予定になっていた。カフェで地ビールを飲んでおしゃべりをした帰り、街の花屋に立ち寄った。店にいた店主とその身内らしいふたりの女性が気さくに話しかけてくれて、ピンクの百合とカスミソウに似た紫のブルーファンタジーを合わせて買った。

帰宅してすぐ、買ったばかりの花を生ける。まだまだ散らかった部屋だけれど、カーテンを洗って、テーブルに花を生けただけで明るくなった。

それから三日かけて、一気に部屋を片づけた。仕事から帰ってきてからだけでなく、早起きして仕事に出かける前にも片づけた。

きれいに片づいた部屋は思っていた以上に広くて、初めはどこか落ち着かなかった。けれど、ソファに腰かけて紫とピンクの花を眺めているうちにだんだん慣れてきた。

部屋がきれいになったことを、誰かに報告したいと思った。一度も家に招けなかった、数週間前まで恋人だったシンくんに、私はそれを伝えたかった。

最後に恵比寿で飲んだ日、ろくに話もせず、もう二度と会わないと告げて、あの場をすっぱり立ち去ってしまったことを後悔していた。あのとき私は、彼の言い分を聞いて理解しようとすることより、自分が自分らしくあることを優先してしまった。話を聞いた友人たちは、そういうときのぐりこはかっこいいね、ちゃんと断ち切ってえらかったね、と言ってくれたけれど、全然かっこよくなんかない。大好きな人が、自分が思っていたような人間じゃなかったから、それ以上向き合うのがこわくなって逃げだしただけだった。

ずっとそうやって生きてきた。よく考えずに衝動的に動いて、失敗して痛い目を見ても後悔なんかしない。そういう自分を文章に書いて、無頼派ぶっていた。

私はきっと、ものすごく見栄っ張りなのだ。高い服や化粧品やアクセサリーを買って着飾るくせに、人に見られない自分の部屋はぐちゃぐちゃに散らかってるのと同じだ。ぐちゃぐちゃでみっともない自分を見ないふりするために、人前で虚勢をはって、人に切り捨てられる前に自分が人を切り捨てようとして。


意を決してLINEの画面を開いた。私はずるい人間だから、あのときシンくんには自分の連絡先を消させたけれど、自分のスマホにはちゃっかり残していた。見慣れたアイコンの画面を呼び出して、ゆっくり一文字ずつ言葉を打ち込んでいく。

「ねえ、聞いて。私、一念発起して、ちゃんと部屋を片づけられたんだよ」

返事は、すぐに来た。

「すごい！がんばったんだね」

「少しずつがんばってたの知ってたし、いつか片づけられると思ってたよ」

うっかり泣いてしまう。この人はいつだって、私をこうやって肯定してくれた。努力や才能を認めてくれた。かわいいと言ってくれた。女湯から上がるのが遅くても、部屋をなかなか片づけられなくても、いつだって、急かしたり罵ったりすることなく私を待っていてくれた。それらは全部、私が子どもの頃に父親にしてほしかったことだった。

その後、私は次の文面を送った。

「ねえ、シンくん大丈夫？ちゃんと生きてる？」

私はずるい人間だから、別れた後もシンくんのＳＮＳをこっそり見ていた。だから、彼が私と別れてから毎晩深酒して、罪悪感で落ち込んで、自死を想起させるようなツイートを繰り返しているのも知っている。これまでの人生でも、私と付き合う人はみんなどこか病んでいたから、驚きはなかった。

「俺のことなんか心配しなくていいよ」

「私より、あなたのほうが落ち込んでいるんじゃないかと思って」

「やめて」

「生きててほしい。幸せでいてほしい」

私は私の幸せを願ってくれる人に向けて、文章を書いてきたのだと最近気づいた。私も、人の幸せを願いたかった。

翌日の晩になって、シンくんから返事が来た。

「なんで生きててほしいって言うの？」

「あなたが大事だからだよ。今もだよ」

あなたのことを、ひとりの人間として、とても大事に、大切に思っている。だから、あなたには生きていてほしい。

その言葉を書き送ることに、迷いはなかった。

それは、二〇代の頃に、私と別れた直後に自ら命を絶った人に、私が伝えられなかった言葉だった。

それは、私が世界につなぎとめられていないと感じながら生きていたときに、誰かに言ってほしかった言葉だった。

私は、一度は自分が捨てた男を、必死に、この世界につなぎとめようとしていた。もう、恋じゃない。何の見返りもいらない。みっともなくていい。私はもう、自分が大事にしていたものを、自分の手で切り捨てたくない。


もうすぐ、新しい一年が始まる。

池上の花屋で買った花は、友人メイコが私に贈ってくれた、淡いピンク色の、ころんとしたフォルムのマリメッコの花瓶に生けてあった。私が家をすぐ散らかしてしまうこと、何かに夢中になると暮らしをおろそかにしてしまうことを、一緒に同人誌を作っていたメイコは誰よりもよく知っていた。それでも、私の部屋のインテリアに合いそうな花瓶を選んで、三一歳の誕生日に贈ってくれたのだ。それは、私の人生が、暮らしが善きものでありますように、美しいものと共にありますようにという祈りだった。寿ぎだった。それはまぎれもなく、愛だった。それなのに、私はもう長いこと、うれしいことがあったときに花を飾るという習慣も忘れていた。陽の光が差し込む、片づいた部屋を、久々に取り戻して、私はようやく、たしかにそこにずっと存在していた愛に目を向けることができた。

メイコは、結婚して自分が文学フリマに出なくなっても、それまでと変わらずに私の本を買って感想を書いてくれていた。

そんなメイコを、なんで自分の人生から切り離そうって思ったんだろう。さみしかったから。傷つきたくなかったから。私が臆病だったから。

メイコと一緒に本を作って親密に過ごしていた四年間、私は、自分とは異なるメイコの価値観や生き方を、ちゃんと尊重できていたのだろうか。結婚して子どもがほしいという彼女の思いを軽んじたつもりはない。けれど、彼女の婚活をエッセイのネタにするよう迫ったり、「もしメイコが一生独身でも、老後はふたりで近所に住んで、一緒にご飯を食べたりお互いの家を行き来していればさみしくないじゃん」なんて提案したりしてしまっていた。私がそういうふうに接していたからこそ、メイコは私に、ギリギリまで結婚することを教えられなかったし、結婚後も夫と三人で会うという提案しかしなかったのかもしれない。

この本が出版されたら、メイコに、会って本を直接渡したいと、連絡しようと思う。この本に出てくるどの男でもなく、私はこの本をメイコに読んでほしい。私の文章のファンを公言しているメイコは、多分本を予約して買ってくれるけれど、私が作ってきたこれまでの同人誌と同じように、自分の手で渡したい。メイコと一緒に同人誌を作っていたあの時間と経験がなかったら、商業出版という夢がかなうこともなかったと思うから。

メイコのお腹からこの世に出てきた赤ちゃんにも会いたい。メイコは産後すぐに個別のＬＩＮＥで報告してくれたのに、私は意地をはってしまって、その子の性別も名前も聞いていなかった。

わかりあえないことに勝手に傷ついて勝手に離れてしまったけれど、やり直したい。変な意地をはっていたことを謝りたい。

メイコに会えてこの本を渡せたら、メイコが結婚を決めてから私がどんな気持ちでいたのか、自分の言葉でちゃんと話そう。勢いだけでかっ飛ばして生きてきた、失敗だらけのしょうもない半生を一冊の本にまとめた今なら、「バーベキューに誘われたのがめちゃくちゃ嫌だった」なんていうしょうもない気持ちも、きっと、ちゃんと、隠さず伝えられると思う。

最後になりましたが、私に商業出版で本を出す機会をくださった百万年書房の北尾修一さん、すてきな装丁を手がけてくださった川名潤さん、色とりどりの個性的な花々と、その花々を次々手に取っていく魅力的な女の子を装画として描いてくださった小林ランさんに、心から御礼を申し上げます。また、これまで私の日記や本を読んで応援してくださっていた読者のみなさんや書店の方々、そして家族や友人たちにもずっと感謝しています。どの出会いが欠けても、この本は生まれませんでした。

この本を最後までお読みくださって、本当にありがとうございました。

初出一覧

恋の遺影（Re Edit）……自主制作本『恋の遺影』（二〇二三年五月）
ハローグッバイ……自主制作本『ハローグッバイ』（二〇二三年一一月）
他はすべて書き下ろし作品です。

速く、ぐりこ！もっと速く！

2024年4月29日　初版発行

著者　早乙女ぐりこ
装画　小林ラン
装丁　川名潤
発行者　北尾修一
発行所　株式会社百万年書房
〒150-0002 東京都渋谷区渋谷3-26-17-301
電話　080-3578-3502
http://www.millionyearsbookstore.com

印刷・製本　中央精版印刷株式会社

ISBN978-4-910053-48-6

いかれた慕情

暮らし 03

僕のマリ＝著

本体 1,700 円＋税　1c224p ／四六変・並製

ISBN978-4-910053-40-0 C0095

家族にも友人にも本音を言うのが苦手だった。何年生きても薄い関係しか築けないのが、ずっとコンプレックスだった。自分を晒すことにどうしても抵抗があり、踏み込むのも踏み込まれるのも躊躇した。そうやって生きてきたから、誰かの友情や愛情を目の当たりにすると、決まって後ろめたい気持ちになった。冷めたフリして飄々と生きているつもりだったけれど、本当はものすごく寂しかった。（本文より）

夫婦間における愛の適温

暮らし 04

向坂くじら＝著

本体 1,700 円＋税　1c204p ／四六変・並製

ISBN978-4-910053-42-4 C0095

まずもって、あの夫というやつは臆病すぎる。合理的であるということを隠れ蓑に、ただ予期せぬものの訪れを怖がっているだけ。なんだい、なんだい、びびりやがって。くされチキンがよ。だいたい、すべて計画通りの毎日なんてつまらないじゃないか。（中略）そのくされチキンがある日、なんの前触れもなく急須を一式買って帰ってきた。（本文より）

脳のお休み

暮らし 05

蟹の親子＝著

本体 1,800 円＋税　1c232p ／四六変・並製

ISBN978-4-910053-45-5 C0095

身体の障害だったら障害者って分かってもらいやすくていいよね、と言うのを黙って聞いていたことがある。そういう声を聞くたびに、人間の想像力が争いを解決してくれることなんてあるのだろうかと思った。現に、私はその声に憤る。私はあなたじゃない。（本文より）
小説家・滝口悠生さん、推薦。